풍요로운
  갈대 들판의
시이카

| 편역자 |

왕숙영 王淑英, Wang Sook Young

인하대학교 문과대학 일본언어문화학과 교수, 일본 도카이(東海)대학 문학박사(일본중세시가), 미시간대학, 캠브리지대학 방문교수 등을 역임. 주요 저서로『自讚歌注』(勉誠出版),『自讚歌古注十集集成』(桜楓社·黒川昌享 共著),『世界へひらく和歌－言語·共同体·ジェンダー－』(편저, 勉誠出版). 역서로『창조된 고전－일본문학의 정전 형성과 근대 그리고 젠더』,『일본시가의 마음과 민낯』(소명출판) 등이 있다.

풍요로운 갈대 들판의 시이카

초판 인쇄 2021년 7월 20일
초판 발행 2021년 7월 30일

편역자 왕숙영
펴낸이 박성모
펴낸곳 소명출판
　　　　출판등록 제13-522호
　　　　주소 서울시 서초구 서초중앙로6길 15, 2층
　　　　전화 02-585-7840
　　　　팩스 02-585-7848
　　　　전자우편 somyungbooks@daum.net
　　　　홈페이지 www.somyong.co.kr

값 18,000원
ⓒ 왕숙영, 2021
ISBN 979-11-5905-611-6　03830

豊葦原の詩歌

풍요로운
갈대 들판의
시이카

왕숙영 옮기고 엮음

POETRY FROM THE FIELDS
OF FLOURISHING REED GRASSES

서문

생태, 소멸과 현현의 세계 앞에서

　드디어 『풍요로운 갈대 들판의 시이카^{豊葦原の詩歌}』를 출간한다 생각하니 지난 36년의 기억이 아스라하다. 이 책은 인하대학교 일본언어문화학과에서 사랑하는 나의 학생들과 함께 웃고 느끼며 즐기던 일본의 옛 시를 모은 것이다. 이제 퇴임으로 제자들과 함께 시를 읽을 날을 기약할 수 없다. 하여 우리 학생들은 물론이요 일본 전통 시에 관심이 있는 분들 또한 스스로 시의 흐름에 자신을 맡기고 여유롭게 음미할 수 있기를 바라며 이 책을 펴낸다.

　책 이름 '풍요로운 갈대 들판^{豊葦原}'은 일본의 미칭^{美稱}이다. 역사서 『고사기^{古事記}』, 『일본서기^{日本書紀}』 등에서 일본을 지칭하는 단어로 쓰였고 일본 전국에 갈대가 무성하여 나온 말이라고도 한다. 그러고 보니 일본 시가는 갈대와 닮았다. 연약하고 미묘하게 흔들리는 인간의 감수성을 노래했지만 쉬 꺾이지 않는 유연한 힘을 갖고 있으므로.

　그런가 하면 우리 시인 김소월이 '엄마야 누나야 강변 살자'고 노래하던 그 뒷문 밖에서 '갈잎의 노래'가 울려 퍼지고 있었고, 그리스 신화에서는 요정 시링크스가 변신한 갈대로 목신 판이 피리를 만들어 연주했다니 '갈대의 들판'에서 음악을 듣는 것은 동서고금이 비슷한 듯하다. 이제 우리는 또 다른 '갈대'의 노래에 귀 기울일 수 있게 되었다고나 할까.

　이 시집은 의미와 연상에 따라 자유롭게 시를 향유할 수 있도록 한시, 와카^{和歌}, 가요, 하이쿠^{俳句}와 같은 일본 시가의 장르 구분과 관계없이 편집되었다.

우리 시로 생각하면 한시와 향가와 고려가요와 시조를 함께 섞어놓은 것과 마찬가지인데, 시를 즐기는 데 장르를 아는 것이 우선은 아니라고 생각했기 때문이다. 다만 계절과 시간의 추이에 따라 자연과 인간의 이치를 추구하는 것은 일본 고전시가의 본령이므로 대체로 계절의 흐름에 순응하였고, 여기에 인간의 희로애락의 감정과 상황을 엮어 넣었다. 고아한 품위가 있는 와카와 담백하고 개방적인 하이쿠의 감정적인 낙차에 주의를 기울였고, 익명성의 매력이 돋보이는 가요의 자유분방함과 한시의 뚜렷한 메시지에도 귀 기울였으니 장르를 넘나들며 시를 즐기는 데 무리가 없을 듯하다.

번역시의 하단에는 일본어 원문과 함께 로마자로 발음을 병기하였다. 고대 일본어가 어렵기도 하거니와 일본어가 익숙치 않은 독자일지라도 로마자 발음을 참고하여 소리 내어 읽어보며 5음·7음을 기본으로 하는 일본어 원시의 리듬을 느껴보기를 원했기 때문이다. 시가란 낭송하는 즐거움이 작지 않다. 가능하면 한국어 번역시와 일본어 원문을 함께 소리 내어 읽어보기를 권한다. 그러다 보면 번역시의 한계를 느끼면서 독자 스스로 더 나은 표현을 발견해 내는 즐거움을 누릴 수도 있을 것이다. 지면 끝에는 간단한 해설을 덧붙였다. 이는 말하자면 일종의 조언으로 독자가 생소한 형식의 각 시에서 받은 느낌을 어떻게 수렴할 것인가 방향이 잡히지 않을 때 참조하길 바라는 마음에서이다. 전체 시를 파악할 필요가 있을 때는 부록으로 장르 및 작가별로 시를 모아두었으므로 이를 참고하면 될 것이다.

이 시집은 앞으로 계획하고 있는 고전시가에 관한 연구서와 짝으로 기획되었다. 말하자면 이 시집은 연구서와 '따로 또 같이' 연계를 갖게 될 예정이

므로, 일본 고전시가에 관한 자세한 해설은 앞으로 나올 연구서를 참고해주길 바란다. 여기서는 이 시집과 관련된 세 가지 주목할 사항에 대해서만 간단히 언급하겠다.

첫째는 일본 고전시가는 도저한 시각적 이미지를 내장하고 있다는 점이다. 순간 포착된 일상의 한 단면이나 자연풍경이 짧은 시로 전환되고, 시가 다시 한 컷의 그림으로 바뀌는 시화詩畵의 전통이 그 단적인 예이다. 강의시간에도 학생들에게 시와 그림이 조화 속에서 상승작용을 할 수 있도록 표현해 보게 했고, 이 시집에 수록한 이미지 중 일부는 이들이 만든 것이다. 시공을 초월하여 '지금/여기'의 감각으로 표현된 이들의 작품은 일본 고전시가의 새로운 의미를 느끼고 다시 생각하게 했으니, 내가 아니라 이들이 선생이었다. 아주 참신하고 재미있어 세상에 보여주고 싶은 것이 적지 않으나 여러 가지 이유로 공개하지 못하는 것이 안타까울 따름이다.

둘째, 공동제작이라는 일본 시가의 특수한 전통에 관해서이다. 마지막 장에 실은 렌가와 렌쿠가 그것이다. 시는 본래 개인의 창작이지만, 렌가와 렌쿠는 여러 명이 공동 제작하는 것이 그 특징이다. 그런데 전체가 이어지는 것이 아니라, 바로 앞 구와만 긴밀하게 연계되는 모습이 마치 쇠사슬 같다. 내용에 연속성이 없기 때문에 마치 시상이 나타났다 사라지는 것과 같으며, 그러한 연속과 전환이 이 장르의 생명이라고 할 수 있다. 이 시집에 수록된 시가의 배열에도 렌가의 발상을 참고하여 이어지고 끊어지는 변화와 역동성을 주고자 하였다.

마지막으로 일본시가가 갖는 생태시적 속성이다. 와카와 하이쿠는 춘하추

동의 자연을 철저히 코드화하였고, 특히 17자의 짧은 시 하이쿠는 계절을 나타내는 자연물이 들어가는 것이 중요한 규칙이다. 생명이 있는 모든 것이 주인공이 될 수 있는 하이쿠는 태생부터 생태시인 것이다. 하이쿠는 게리 스나이더를 비롯한 많은 현대 생태시인에게 문학적 영감을 주었다. 자연에 대한 재인식이 절실한 이 코로나 시대에, 개구리도 파리도 심지어 참외까지도, 살아있는 모든 것이 이울림의 대상이 되는 하이쿠 특유의 전복의 상상력은 지구촌의 공존·공생을 위해 시사하는 바가 크다.

이미지와 텍스트의 너머, 시란 개인의 창작물이란 고정관념의 너머, 인간과 다른 생명들의 구분 너머……. 이번 역시집에서도 '너머'는 중요한 키워드이다.

언제나 인간의 삶의 근원적 길을 제시해주셨던 돌아가신 아버지를 그리며! 아버지 영전에 이 시집을 바친다.

시와 예술에 대한 감수성을 일깨워준 미시간 대학의 Esperanza R. Christensen 명예교수와 부군 Steen Christensen께도 진심으로 감사드린다. 에스페란자는 이번 시집의 영어 제목을 붙여주었고, 20년 세월의 무게를 느끼게 하는 예술사진은 고인이 된 스틴의 작품이다.

이 책을 나올 수 있게 도와주신 많은 분들께 진심으로 감사를 드린다. 하이쿠의 번역과 게재를 흔쾌히 허락해주신 하세가와 가이長谷川櫂, 마유즈미 마도카黛まどか 시인. 기획에서 발간에 이르기까지 오랜 시간 함께 해준 윤진현 박사와 나의 교직 생활에서 늘 옆에 있어 주며 이번에도 원시의 로마자화를 도

맡아 작업한 황인용 선생, 멋진 시화작품을 제공해준 우리 학생들, 검토과정에서 최초의 독자가 되어준 조카 정원상, 마지막으로 쉽지 않은 출판을 선뜻 맡아주신 소명출판 박성모 사장님과 편집부 식구들께 진심으로 감사드린다.

남은 말이 적지 않으나 할 말은 한 것 같다. 삿갓 쓰고 짚신 신은 모습은 여전한데, 한 해가 저물었음 年暮れぬ笠きて草鞋 はきながら 을 깨닫던 바쇼의 마음이 이런 것이었을까? 저물어가는 날들을 향해 この道や 行く人なしに 秋の暮れ 바쇼처럼 아무도 없는 외길을 나서야 할까?

2021년 6월 정들었던 연구실에서

차례

새봄, 우리 꽃누리

오토모노 야카모치
大伴家持, 718?~785

새봄

새해 첫날 아침

오늘 내리는 눈처럼

쌓여라

좋은 일 기쁜 일……

新しき   Atarashiki
年のはじめの   toshi no hajime no
初春の   hatsuharu no
今日降る雪の   kyō furu yuki no
いやしけ吉事   iyashike yogoto

새해, 새로운 날들의 축복이 서설瑞雪과 같기를!
새봄 새해, 첫날 아침! 희고 깨끗한 눈이 온갖 탁한 것을 포근히 덮어주며 차곡차곡
쌓이듯, 행운과 행복이 겹겹이 이어지길 바라는 마음.

고바야시 잇사
小林一茶, 1763~1828

기쁨
중간은 될 테지
나의 새해

めでたさも　　　Medetasa mo
中ぐらいなり　　chū gurai nari
おらが春　　　　ora ga haru

'무고無故'를 묻는 인사가 있다. 좋은 일이 있지 않더라도 '특별한 곡절'이 없는 것이 얼마나 다행한가. 감사할 일은 언제나 있다.

마츠오 바쇼

松尾芭蕉, 1644~1694

설날의 작심

사흘은 못 가도

이틀은 가야지

二日にも   Futsuka nimo
ぬかりはせじな   nukari wa se ji na
花の春   hana no haru

일출을 보겠다는 새해 결심이 제야의 과음으로 첫날부터 무산된 상황, 첫날 못
했다면 둘째 날이라도 해야지. 늦더라도 안하는 것보다는 낫다. 우리의 새해 결
심도 그러할진저.

15

고바야시 잇사
小林一茶, 1763~1828

고향마을,
치는 떡 속에 묻어드는
봄 눈

故郷や　　　　　Furusato ya
餅につき込む　　mochi ni tsukikomu
春の雪　　　　　harunoyuki

잇사의 고향은 눈이 많은 시나노信濃 나가노현이다. 가난한 촌이지만 설이 다가
오고 떡을 칠 수 있으니 넉넉하고 여유롭다. 하얀 떡반죽을 치는 중에 하얀 눈송
이가 사분사분 섞여든다면 눈꽃맛이 나지 않을까?

마츠오 바쇼
松尾芭蕉, 1644~1694

눈 사이,
살포시 고개 내민
연보랏빛 싹 두릅

雪間より   Yukima yori
薄紫の   usumurasaki no
芽うどかな   me udo kana

봄은 연보랏빛의 신비로운 생명력을 보여준다. 봄을 발견한 반가움!

고바야시 잇사
小林一茶, 1763~1828

눈 녹자
마을에 가득 찬
아이들!

雪とけて   Yuki tokete
村いっぱいの   mura ippai no
子供かな   kodomo kana

겨우내 얼어붙었던 마을에 눈이 녹고 봄이 오자 온 동네 아이들이 뛰어나와 논다. 왁자하니 논다.

『양진비초梁塵秘抄』
작자 미상, 12세기경

이 세상 놀려고 태어났나
장난치려고 태어났나
아이들 노는 소리 들을 때면
이 몸도 절로 들썩이네

遊びをせんとや生まれけむ　Asobi wo se mu to ya umare kemu
戯れせんとや生まれけん　tawabure se mu to ya mumare kemu
遊ぶ子供の声聞けば　asobu kodomo no koe kikeba
我が身さへこそ揺るがるれ　wagami sae koso yuruga rure

천진한 아이들이 시끌벅적 노는 소리는 신나는 노래소리 같다. 절로 어깨가 들썩이고 흥겨워진다.

19

핫토리 란세츠
服部嵐雪, 1654~1707

매화 한 송이
한 송이만큼의
따사로움

梅一輪　　　　Ume ichi rin
一輪ほどの　　ichi rin hodo no
暖かさ　　　　atatakasa

봄과 따뜻함을 잴 수 있는 도량형이 있다면 무엇일까? 바로 '송이'이다. 처음 핀
매화 한 송이는 그 시작이라 더욱 반갑다.

마츠오 바쇼
松尾芭蕉, 1644~1694

두메산골은
설에 도는 놀이패도 늦어
매화 필 무렵

山里は   Yamazato wa
万歳遅し   manzai ososhi
梅のごろ   ume no goro

긴 겨울을 견딘 조용한 두메산골, 설을 맞아 마을마다 도는 놀이패가 꽃 피는 철이 되
어서야 도착했다. 꽃피어 화사한 만큼 더 시끌벅적 흥겹다.

아리와라노 나리히라
在原業平, 825~880

매화나무 가지
꾀꼬리
봄을
노래하는데 오늘도
눈은 하염없이 나리네

梅が枝に　　　　Umegae ni
来ゐるうぐひす　ki iru uguisu
春かけて　　　　haru kakete
鳴けどもいまだ　nake domo imada
雪は降りつつ　　yuki wa furitsutsu

눈이 내리고 있지만 피어난 매화와 여기에 날아든 꾀꼬리, 봄을 기다리는 마음
은 시인이나 꾀꼬리나 같다.

오시코치노 미츠네
凡河內躬恒, 859?~925?

어두운 봄밤이여
알 수 없구나
매화꽃
모습이야 감춘다 해도
스며나는 향기를 어찌 감추리

春の夜の	Harunoyo no
やみはあやなし	yami wa ayanashi
梅の花	ume no hana
色こそ見えね	iro koso mie ne
香やはかくるる	ka ya wa kakururu

오묘한 봄밤은 매화의 아름다움을 감추어 더욱더 매혹적이다. 어두워 보이지 않는 매화는 모습을 감춘 여인을 의미하기도 한다.

가키노모토노 히토마로
柿本人麻呂, 660?~724?

꽃인 듯 아닌 듯

하이얀 매화

온 세상

아득히

눈꽃이 흩날리니……

梅の花	Ume no hana
それとも見えず	sore tomo mie zu
久方の	hisakatano
天霧る雪の	amagiru yuki no
なべて降れれば	nabete furereba

눈이 흩날리는 중에 하얀 매화가 피었다. 경계를 구분하는 것이 모두 부질없지 않은가.

시키노 미코
志貴皇子, 668?~716

바윗돌 타고
쏟아지는 폭포수 옆
살포시 고개 내민
아기 고사리
아, 새봄이 왔구나

石走る	Iwabashiru
垂水の上の	tarumi no ue no
さわらびの	sawarabi no
もえいづる春に	moeizuru haru ni
なりにけるかも	nari ni keru kamo

조용하던 온 산이 시끌벅적하다. 얼음 밑으로 소리 없이 흐르던 물은 어느새 폭포수처럼 바윗돌을 타고 넘는다. 그뿐인가! 작고 가녀린 고사리는 아기 손처럼 귀엽고 보드랍게 솟았다. 첫 봄을 발견했다. 기쁜 봄이다.

마츠오 바쇼
松尾芭蕉, 1644~1694

아 봄이구나!
이름 모를 산 두른
엷은 안개

春なれや   Haru nare ya
名もなき山の   na mo naki yama no
うす霞   usugasumi

공기가 달라졌다. 계절이 바뀐 것을 깨닫는 순간, 봄의 아련한 기운이 가득하다.

마츠오 바쇼
松尾芭蕉, 1644~1694

반가워라!
산길에서 만난
어여쁜 제비꽃

山路きて   Yamaji kite
なにやらゆかし   naniyara yukashi
すみれ草   sumiregusa

자그맣고 가냘프고 자칫 무심히 발길에 채이고 말 수도 있는 제비꽃! 홀로 산길
을 가는 나그네는 문득 발견한 이 작은 꽃으로 기쁨에 젖어 은근히 미소 짓는다.

부처님은 항상 계시지만 그 형상 뵐 수 없기에 거룩하여라

『양진비초梁塵秘抄』
작자 미상, 12세기경

부처님은 항상 계시지만
그 형상 뵐 수 없기에 거룩하여라
인기척 하나 없는 새벽녘
꿈에 아련히 현현하시는 부처님

仏は常に在せども　　Hotoke wa tsune ni imase domo
現ならぬぞあはれなる　ututu naranu zo aware naru
人の音せぬ暁に　　　hito no oto se nu akatsuki ni
仄かに夢に見え給ふ　　honokani yume ni mie tamō

밤새 정진한 자의 꿈속에 부처님이 현현하는 신비로운 체험! 볼 수 없는 것을
믿을 수 있는 자는 복되다. 복된 자는 볼 수 있으니 더욱 복되다.

사이교
西行, 1118~1190

봄날
꽃나무 아래서 죽고파라
부처님 열반하신
음력 2월 보름달 밝은 밤
그 무렵에

願はくは	Negawaku wa
花の下にて	hana no moto ni te
春死なん	haru shina mu
そのきさらぎの	sono kisaragi no
もちつきの頃	mochizuki no koro

벚꽃이 절정인 순간에 부처님의 열반과 자신의 완성을 결합하는 드높은 자부심!
사이교는 실제로 부처님이 열반한 2월 15일 다음 날인 2월 16일에 입적하였다.

마츠오 바쇼
松尾芭蕉, 1644~1694

해묵은 연못
개구리 퍼얼쩍 뛰어드는
물소리……

古池や   Furuike ya
蛙飛び込む   kawasu tobikomu
水の音   mizu no oto

하이쿠를 대표하는 시이다. 인적 드문 오랜 연못, 개구리가 뛰어들어 일순 정적
이 깨지지만 그래서 더 고요가 깊어진다. 개구리의 쭉 뻗는 도약은 해학적이지
만 그 후의 사유는 심오하다.

작자 미상, 18세기 후반

찰방 소리
날 때마다 멈칫 서는
바쇼옹

芭蕉翁   Bashō ō
ぼちゃんといふと   bochan to yū to
立ち留まり   tachidomari

바쇼의 '헤묵은 연못 개구리 퍼얼쩍 뛰어드는 물소리' 하이쿠를 새로운 감각으로 패러디한 시이다. 바쇼의 위대성을 동경하면서도 후세의 발랄한 재치를 보여준다.

고바야시 잇사
小林一茶, 1763~1828

여윈 개구리야
절대 져선 안 돼.
잇사가 여기 있다!

痩せ蛙   Yase kaeru
まけるな一茶   makena Issa
これにあり   kore ni ari

여윈 개구리는 힘센 개구리와 싸우고 있을까? 잇사는 약자 편이다. '잇사가 여
기 있다!'는 전쟁할 때, 무장이 상대방에게 자신이 왔음을 알리는 데 쓰는 표현
이다. 개구리 싸움에 과도하게 진지한 대응이 재미있다.

가키노모토노 히토마로
柿本人麻呂, 660?~724?

　　동녘 들판

　　불그레 물드는 새벽놀

　　보다

　　뒤돌아서니

　　달 지고 있네

東の　　　　　　　Hingashi no

野にかぎろひの　　no ni kagiroi no

立つ見えて　　　　tatsu miete

かへり見すれば　　kaerimi sureba

月かたぶきぬ　　　tsuki katabuki nu

동쪽에서는 해가 뜨려고 여명이 밝아오는데 서쪽을 돌아보니 달이 지고 있다.
빛에서 빛으로 이어지는 유려한 시간의 흐름.

요사 부손
与謝蕪村, 1716~1784

노오란 유채꽃,
달은 동녘에 차오르고
해는 서녘으로 기울고

菜の花や   Nanohana ya
月は東に   tsuki wa higashi ni
日は西に   hi wa nishi ni

화가인 부손의 시각적 감수성이 돋보인다. 원색의 노란 유채꽃 밭을 중심으로
뜨는 달과 지는 해를 양편에 두어 동적으로 미묘한 음영을 부여하였다.
화자가 움직여 역동성을 부여한 히토마로의 시와 비교된다.

오토모노 야카모치
大伴家持, 718?~785

화사하게
비치는 봄 햇살에
종다리 날아오르니
홀로 외로움에
마음 구슬퍼라

うらうらに　　　　Uraura ni
照れる春日に　　　tereru haruhi ni
ひばりあがり　　　hibari agari
心悲しも　　　　　kokoro kanashi mo
ひとりし思へば　　hitori shi omoeba

화창한 봄날, 종다리는 명랑하게 노래하며 수직으로 날아오른다. 여기에 어울릴
수 없는 인간은 더 깊고 근원적인 고독에 빠져든다.

스가와라노 미치자네
菅原道真, 845~903

곱디고운 무희들 왜 옷조차 무거운 듯 가녀린 걸까?

허리에 봄기운 가득 머금어 그렇다고 속여 말하네

화장 지워져 화장함 여는 것도 고단해 보이고

문을 나서는 걸음걸이 수심이 가득

어여쁜 눈길은 바람에 물결이 이는 듯

춤추는 몸짓은 맑은 하늘에 눈이 날리는 듯

꽃 사이로 해 저물고 음악소리 그치자

멀리 엷은 구름 바라보며 처소로 돌아가네

紈質何爲不勝衣　謾言春色滿腰圍
殘粧自嬾開珠匣　寸步還愁出粉闈
嬌眼會波風欲亂　舞身廻雪霽猶飛
花間日暮笙歌斷　遙望微雲洞裏歸

한 구절마다 대조의 심상이 포함되어 있다. 궁중 무희의 아름다움과 화려함, 이를 위해 감내하는 신산스럽고 고단한 삶을 바라보는 연민어린 시선에서 인간애를 느낄 수 있다.

마츠오 바쇼
松尾芭蕉, 1644~1694

꽃구름 속 울려오는
절의 종소리는 우에노에서일까
아사쿠사에서일까

花の雲　　　　　Hana no kumo
鐘は上野か　　　kane wa Ueno ka
浅草か　　　　　Asakusa ka

바쇼의 암자가 있던 후카가와深川에서 우에노와 아사쿠사의 절은 양편으로 거의
비슷한 거리이다. 어느 쪽에서 들려오는지 알 수 없는 종소리라는 청각적 심상
에 벚꽃이 만개하여 자욱한 구름이 되었다는 시각적 이미지를 결합하여 절대적
아름다움의 세계를 구현하였다.

오시마 료타
大島蓼太, 1718~1787

사흘 안 본 사이,
온 천지에
만발한 벚꽃이여!

世の中は   Yononaka wa
三日見ぬ間に   mikka mi nu ma ni
桜かな   sakura kana

바쁘고 각박한 일상, 계절이 바뀌는지 꽃이 언제 피는지 알지도 못하는 사이에 시간
이 흐른다. 그러나 벚꽃은 갑자기 활짝 피어서 그렇게 지나칠 수 없게 한다. 만발한
벚꽃 덕분에 갑자기 아름다운 순간.

미우라 초라
三浦樗良, 1729~1780

돌아보니
그곳은 온통
벚꽃세상이로구나!

見かへれば   Mikaereba
うしろを覆ふ   ushiro wo ōu
桜かな   sakura kana

어떤 상황 속에 있을 때는 전경이 잘 보이지 않는다. 지나올 동안에는 깨닫지 못
했지만 돌아보니 벚꽃의 화사함이 온 세상을 가득 채우고 있다.

슈시키
秋色, 1669~1725

취객의 객기에
우물가의 벚꽃
위험하여라

井戸端の   Idobata no
桜あぶなし   sakura abunashi
酒の酔   sake no yoi

슈시키의 어린 시절 작품이다. 우물가의 취객이 빠질까 걱정하는 대신 꽃을 먼저 걱정하는 마음이 천진하다.

마츠오 바쇼
松尾芭蕉, 1644~1694

온갖 일
떠오르게 하는
벚꽃이여

さまざまの   Samazamano
事思ひ出す   koto omoidasu
桜かな   sakura kana

고향에 돌아와 주군의 집에서 느낀 감정을 쓴 시이다. 고향을 떠난 사이 주군은
세상을 떠나 없고 벚꽃만이 자신을 반기고 있으니 온갖 옛일이 떠오른다.

아리와라노 나리히라
在原業平, 825~880

말 행렬 지어

자, 보러 가세나

옛 도읍 나라[奈良]엔

눈 내리듯

꽃이 지고 있을 테니

駒並めて   Koma namete

いざ見にゆかむ   iza mi ni yuka mu

古里は   furusato wa

雪とのみこそ   yuki to nomi koso

花はちるらめ   hana wa chiru rame

옛 도읍을 퇴락했다 하지 마라. 숲이며 꽃은 오래되어 더욱 울창하고 화려하다. 귀공자들의 화려한 행렬 또한 대단한 구경거리이다. 여기에 꽃눈까지 내린다면 그 광경은 얼마나 더 장려할 것인가.

오시코치노 미츠네
凡河內躬恒, 859?~925?

어둠에 숨어

바위 틈을 가르고

흐르는 물

소리에조차

꽃 향기 스며드네

やみがくれ   Yamigakure
岩間を分けて   iwama wo wakete
行く水の   yuku mizu no
声さへ花の   koe sae hana no
香にぞしみける   ka ni zo shimi keru

하나의 감각은 다른 감각을 일깨운다. 시각이 멈추는 순간, 어둠은 다른 감각을
획기적으로 증폭한다. 바위틈으로 흐르는 물소리에 더해지는 꽃향기는 더욱 짙
고 청아하다.

마츠오 바쇼
松尾芭蕉, 1644~1694

벚꽃이 한창,
산은 여느 때와 같은
새벽 어스름

花盛り　　　　Hanazakari
山は日頃の　　yama wa higoro no
あさぼらけ　　asaborake

시간의 항상성에 균열을 내는 화려한 벚꽃의 만개!

헨죠
遍照, 816~890

자욱한 안개
벚꽃은
보이지 않아도
그윽한 향기만은 훔쳐오라
산에서 부는 봄바람이여

花の色は   Hana no iro wa
かすみにこめて   kasumi ni komete
見せずとも   mise zu tomo
香をだにぬすめ   ka wo dani nusume
春の山風   haru no yamakaze

그리스 신화와 같은 원형적 상상력을 발견할 수 있다. 바람의 신 제피로스와 꽃의 신 플로라가 만나는 듯하다.

에이후쿠몬인
永福門院, 1271~1342

산기슭
새소리로
밝아오자
꽃도 여기저기
모습 보이기 시작하네

山もとの   Yamamoto no
鳥のこゑより   tori no koe yori
明けそめて   ake somete
花もむらむら   hana mo muramura
色ぞ見えゆく   iro zo mie yuku

맑은 새소리에 이끌려 밖을 보니 여명 무렵, 군데군데 핀 흰 구름 같은 벚꽃이
눈앞에 펼쳐진다.

마츠오 바쇼
松尾芭蕉, 1644~1694

나무 밑
국에도 반찬에도
벚꽃이 가득

木のもとに   Ki no moto ni
汁も鱠も   shiru mo namasu mo
桜かな   sakura kana

꽃놀이의 흥취가 난만하다.

노인
能因, 988~1050년 경

산마을
봄날 해거름에
찾아드니
저녁 종소리에
꽃잎 흩날리네

山里の   Yamazato no
春の夕暮れ   haru no yūgure
きてみれば   kite mireba
入相の鐘に   iriai no kane ni
花ぞ散りける   hana zo chiri keru

호젓한 산마을, 엷은 석양빛에 하늘하늘 지는 벚꽃은 그립고 다소곳하다. 여기
에 만종의 파동을 더하니 여운이 더욱 길다.

아라키다 모리타케
荒木田守武, 1473~1549

흩날리는 꽃이파리
다시 가지에 돌아가나?
아! 나비였네!

落花枝に   Rakka e ni
帰るとみれば   kaeru to mireba
蝴蝶かな   kochō kana

나무에서 멀어지며 난분분 흩날리는 벚꽃, 문득 나무로 돌아가는 꽃잎의 날개
짓, 다시 보니 꽃잎 같은 나비의 날갯짓이다. 꽃은 지지만 다른 생명으로 이어지
는 자연의 순환.

요사 부손
与謝蕪村, 1716~1784

저물어 가는 봄
머뭇머뭇
철 늦은 벚꽃이여

行く春や   Yukuharu ya
逡巡として   shunjun to shite
遅ざくら   osozakura

가는 봄이 아쉬워 벚꽃조차 더디게 핀 것일까.

요사 부손
与謝蕪村, 1716~1784

외로워서
피었나
산 벚꽃

淋しさに   Sabishisa ni
花咲きぬめり   hana saki nu meri
山桜   yamazakura

보통 벚꽃은 꽃부터 피어 압도적인 화려함을 뽐내지만 산 벚꽃은 잎들이 돋을
무렵 함께 피어, 보통 벚꽃처럼 두드러지게 화려하지 않다. 푸른 잎 속에 소심한
듯 묻힌 산벚꽃, 나비인들 벌인들 쉬 찾을 수 있을까? 외로운 나그네가 산 중에
핀 꽃의 외로움을 알아보았다. 그 시선이 따뜻하다.

『한음집閑吟集』
작자 미상, 16세기경

진지하게 살아
무엇하리
우리 인생 한 바탕 꿈이거늘
그저 미쳐라

なにせうぞ   Nani shō zo
くすんで   kusunde
一期は夢よ   ichigo wa yume yo
ただ狂へ   tada kurue

불광불급不狂不及! 미쳐야 미친다!
500년 전 시가이지만 오늘에도 통하는 인생의 지혜!

요사 부손
与謝蕪村, 1716~1784

모란 꽃잎 시나브로 떨어져

두 잎 세 잎

사뿐히 포개져 있네

牡丹散りて   Botan chirite
打ち重なりぬ   uchikasanari nu
二三弁   ni san ben

가장 화려한 꽃 모란의 조락, 그 낙화조차도 농염하고 강렬하다.

오토모노 야카모치
大伴家持, 718?~785

봄의 정원
선홍빛 눈부신
복사꽃
꽃 그림자 비치는 길
나와선 소녀

春の苑   Haru no sono
紅にほふ   kurenai niou
桃の花   momo no hana
下照る道に   shita teru michi ni
出で立つ少女   idetatsu otome

수하미인도樹下美人圖의 구도이다. 환한 봄날에, 그것도 아름다운 정원에, 꽃분홍
난만한 복사꽃이 피고 분홍빛 연연한 그늘에 더 발그레하니 뺨이 빛나는 소녀
하나. 온통 분홍의 절정이다.

마유즈미 마도카
黛まどか, 1962~

봄바람,
별 이유 없이
긴 머리 짧게 자르고

理由は   Riyū wa
あらねど髪切つて   ara nedo kami kitte
春の風   haru no kaze

명랑한 설렘과 흥분, 변화를 만들어내는 것은 봄바람.

요사 부손
与謝蕪村, 1716~1784

범종 위에
머물러
잠들었네 나비 하나

つり鐘に   Tsurigane ni
止まりて   tomarite
眠る胡蝶かな   nemuru kochō kana

고요한 산사, 종 위에 앉아 잠든 나비. 종조차 멈춰선 절대자유와 자연합일의 순간, 잠든 호접의 꿈은 장자의 상상력과 연속된다. 종이 울리면 나비는 어찌될까?

고바야시 잇사
小林一茶, 1763~1828

아슴한 햇살,
저녁 산그늘에 들려오는
엿장수의 피리 소리

霞む日や　　　　　　Kasumu hi ya
夕山かげの　　　　　yūyamakage no
飴の笛　　　　　　　ame no fue

일본의 행상인들은 주의를 끌기 위해 작은 피리를 썼다. 장사를 마쳐야 할 해저
물녘, 옅어지는 햇살과 아련한 피리 소리가 봄날 저녁의 애수를 돋운다.

마츠오 바쇼
松尾芭蕉, 1644~1694

지친 다리 끌며
여관방 찾을 무렵,
눈에 띈 등꽃

くたびれて　　　　　Kutabirete
宿借るころや　　　　yado karu koro ya
藤の花　　　　　　　fuji no hana

지친 나그네와 아래로 드리워진 등꽃송이의 하강의 이미지가 겹쳐진다. 등꽃의
아련한 보랏빛은 고단한 나그네를 부드럽게 위안한다.

마츠오 바쇼
松尾芭蕉, 1644~1694

호올 홀
황매화가 지는가
폭포 소리에

ほろほろと   Horohoro to
山吹ちるか   yamabuki chiru ka
瀧の音   taki no oto

소리에 꽃이 질 리 없지만 세찬 폭포 소리에 가녀린 황매화가 지는 듯 인과의 깨
달음은 돌연하다. 황매화와 폭포 소리가 어우러지는 감각의 이중구도가 절묘하다.

하마다 샤도
浜田洒堂, ?~1737

벚꽃 지니
처마의 대나무
바라보는 마음의 평온함이여

花散りて   Hana chirite
竹見る軒の   take miru noki no
やすさかな   yasusa kana

벚꽃을 본다는 것은 설렘과 흥분과 아쉬움이다. 꽃이 지고 나서야 마음이 가라
앉으니 비로소 처마 밑의 곧은 대나무가 보인다.

마츠오 바쇼
松尾芭蕉, 1644~1694

풍류가락의 시작인가
두메산골의
모내기 노래

風流の   Fūryū no
始めや奥の   hajime ya oku no
田植え歌   taueuta

봄날, 여로에서 만난 농군들의 흥겨운 모내기 노래에서 함께 풍류를 느끼며 풍농에의 소망을 함께한다. 노동요는 모든 음악, 모든 풍류의 시작이다.

요사 부손
与謝蕪村, 1716~1784

상긋한 찔레꽃
정든 고향 시골길에
들어선 듯

花いばら   Hanaibara
故郷の路に   kokyō no michi ni
似たるかな   nitaru kana

한국에서도 '찔레꽃 붉게 피는 남쪽 나라 내 고향'이라 하니 고향은 찔레꽃 같은
빛깔과 향기로 기억되는 것일까. 찔레순과 희고 붉은 찔레꽃은 먹을 수도 있어
서 미각으로도 추억을 소환한다.

마츠오 바쇼
松尾芭蕉, 1644~1694

가는 봄,
새 울고
물고기 눈에 눈물이

行く春や   Yukuharu ya
鳥啼き   tori naki
魚の目は涙   uo no me wa namida

먼 길을 떠나는 시인의 석별의 정을 배경으로 하고 있다. 평범한 새 울음소리와
물고기의 눈물이란 상상이 짝을 이루는 점도 특별하다. 봄을 보내는 아쉬움은
온 세상이 한 마음이다.

상그러운 사랑노래

마유즈미 마도카
黛まどか, 1962~

처음 쓰는 일기
'사랑'이라는 단어가
왜 이렇게 많을까

初日記   Hatsu nikki
恋といふ字の   koi to yū ji no
多かりし   ōkarishi

사랑에 빠지면 사랑하는 순간을 붙잡아 놓고 싶어진다. 그적거리는 감정과 상황
은 그대로 일기가 된다.

단 다이기
炭太祇, 1709~1771

첫 사랑,
등롱을 마주 대하는
얼굴과 얼굴

初恋や   Hatsukoi ya
灯籠によする   tōrō ni yosuru
顔と顔   kao to kao

마주 대한 두 사람의 상기된 얼굴은 불빛 때문일까. 설렘 때문일까. 아련한 첫
사랑의 감정이 아련한 등불에 오버랩된다.

아리와라노 나리히라
在原業平, 825~880

가스가노春日野의
여린 보랏빛인양
아리따운 그대,
그리움에 내 마음 산란해져
어찌할 바 모르겠네

春日野の   Kasugano no
若むらさきの   wakamurasaki no
すりごろも   surigoromo
しのぶの亂れ   shinobu no midare
かぎりしられず   kagiri shira re zu

울타리 밖에서 살짝 엿보았던 소녀. 소년은 소녀가 보고 싶어 요동치는 자신의
마음조차 당황스럽다.

아리와라노 나리히라
在原業平, 825~880

본 것도 아니요
안 본 것도 아니요
님 그리워
오늘도 속절없이
하루가 지나가네

見ずもあらず　　Mi zu mo ara zu
見もせぬ人の　　mi mo se nu hito no
恋しくは　　　　koishiku wa
あやなく今日や　ayanaku kyō ya
ながめくらさむ　nagame kurasa mu

사랑의 초기 단계, 스치듯 지난 님의 모습은 갈망을 더욱 부채질한다. 잠깐 본
모습 때문에 하루 종일 애가 탄다.

『만엽집萬葉集』 아즈마우타[東歌]
작자 미상, 8세기경

다마가와 해맑은 물에

포백曝白하는 갓 짠 천처럼

새록새록

이 아이가 어째서

이리도 어여쁠까

多摩川に　　　　Tamagawa ni
さらす手作り　　sarasu tezukuri
さらさらに　　　sarasara ni
なにそこの児の　nani so kono ko no
ここだ愛しき　　koko da kanashiki

볼수록 더 빠져드는 싱그럽고 사랑스러운 여인에 대한 예찬이다. 옷자락을 둥둥 걷어 올리고 맑은 냇물에서 천을 헹구고 펼쳐 널어 말리는 여인들은 그 생기발랄함 때문에 더욱 매혹적이다.

도네리노 미코
舍人皇子, 676?~735

사내 대장부가
짝사랑 따위를 하다니
자탄하건만
이 못난 사내는
여전히 사랑 때문에 못 사네

ますらをや	Masurao ya
片恋せむと	katakoi se mu to
嘆けども	nageke domo
醜のますらを	shiko no masurao
なほ恋ひにけり	nao koi ni keri

사랑을 이길 자 누구인가. 아무리 힘센 장부도 사랑에 빠지면 못난이가 되어 사랑으로 죽고 못 사는 것을.

오토모노 모모요
大伴百代, 8세기경

별 일 없이

이제껏 살아왔건만

다 늙어서

이런 사랑

만나게 될 줄이야

事もなく   Koto mo naku
生き来しものを   iki ko shi mono wo
老いなみに   oinami ni
かかる恋にも   kakaru koi nimo
われは会へるかも   ware wa aeru kamo

몸은 늙어도 마음은 늙지 않는다. 평탄히 살다가 노년에 만난 사랑이 더욱 설레고 놀랍다.

『만엽집萬葉集』
작자 미상, 8세기경

나의 그대
미칠 듯 생각나
봄비
내리는 줄도 모르고
무작정 집을 나서고 말았네

わが背子に	Waga seko ni
恋ひてすべなみ	koite sube nami
春雨の	harusame no
降るわきしらず	furu waki shira zu
出でて来しかも	idete ko shi kamo

가만히 앉아서는 사랑을 주체할 수 없어 무작정 집을 뛰쳐나온다. 정신을 차리고 보니 봄비가 내리고 있다. 봄비는 만물의 그리움과 사랑을 북돋운다.

쇼쿠시 나이신노
式子内親王, 1149~1201

명줄이여
끊어질 테면 끊어져라
질긴 목숨 이어가다 보면
참고 참는 이 마음
어찌 될지 모르니

玉の緒よ　　　　　Tamanowo yo
絶なば絶えね　　　taenaba taene
ながらへば　　　　nagaraeba
しのぶることの　　shinoburu koto no
よわりもぞする　　yowari mo zo suru

나이신노[内親王]는 공주라는 뜻이다. 남몰래 깊이 연모하는 마음과 이를 들킬 수 없어 숨겨야 하는 상황에 팽팽한 긴장이 감돈다. 차라리 끊어져라 절규하는 공주의 심정이 필사적이다.

기노 쯔라유키

紀貫之, 868?~945

고개 마루 옹달샘

포갠 손 사이

떨어지는 물방울……

목 마르는 아쉬움은

그 여인과의 짧은 해후이어라

結ぶ手の   Musubu te no

しづくににごる   shizuku ni nigoru

山の井の   yamanoi no

あかでも人に   aka demo hito ni

わかれぬるかな   wakare nuru kana

목 말라 옹달샘 물을 손으로 움킬 때, 얼마나 상쾌한가? 그러나 손으로 마시는 물은 금새 새어버려 갈증은 쉬 채워지지 않고 샘까지 흐려진다. 여인과의 짧은 해후가 바로 그러하다.

"오싹오싹 추위가 즐거워! 걸어서 간다"

마유즈미 마도카
黛まどか, 1962~

아이스하키
뺏고 빼앗기는
사랑의 쟁탈전?

アイスホッケー   Ice hockey
恋を奪り合ふ   koi o toriau
ごとくかな   gotoku kana

사랑은 아이스하키와 같다. 얼음판 같은 냉철한 현실에서 퍽을 빼앗는 것처럼
격렬하고 스피디하게 쟁취되는 것이다. 현대적인 비유가 참신하다.

누카타노 오키미
額田王, ?~690

꼭두서니 자라는 들판

금줄 친 들판

이리저리 서성이며

소매 흔드는 당신

들지기는 보고 있지 않을까요?

あかねさす   Akanesasu

紫野行き   murasakino yuki

標野行き   shimeno yuki

野守は見ずや   nomori wa mi zu ya

君が袖振る   kimi ga sode furu

정인을 우려하는 여인의 긴장이 느껴진다. 궁궐의 여자들이 꼭두서니를 캐고 남
자들은 사냥하는 황실 행사를 배경으로 삼고 있다.

오아마노 미코
大海人皇子, ?~686

꼭두서니 보랏빛

아리따운 그대

이제는 남의 사람

미운 마음 있다면

어찌 이토록 사랑할까?

むらさきの   Murasakino

にほへる妹を   nioeru imo wo

憎くあらば   nikuku araba

人妻ゆえに   hitozuma yue ni

我恋めやも   ware koi me ya mo

누카타노 오키미의 시에 화답한 노래이다. 왕에게 빼앗긴 아내, 이제 남이 된 아내를 사랑하여 그 곁을 맴도는 마음에서 오히려 젊은이의 도전과 다짐이 느껴진다.

오츠노 미코
大津皇子, 663~686

밤새
내리는 산 이슬에
님 기다리느라
나는 젓네
내리는 산 이슬에

あしひきの	Ashihikino
やまのしづくに	yama no shizuku ni
いもまつと	imo matsu to
われたちぬれぬ	ware tachi nure nu
やまのしづくに	yama no shizuku ni

이슬은 땅과 대기의 온도 차가 클 때 맺힌다. 새벽이 되도록 오지 않는 연인에게 자신이 기다린 시간으로 서운한 마음을 드러냈다.

이시카와노 이라쯔메
石川郎女, 7세기 후반

나를 기다리느라
그대가 젖는
산 이슬이
난
되고파라

わをまつと   Wa wo matsu to
きみがぬれけむ   kimi ga nure kemu
あしひきの   ashihikino
やまのしづくに   yama no shizuku ni
ならましものを   nara mashi mono wo

오츠노 미코의 시에 화답한 시이다. 서로 주고 받은 표현이 매력적이다. 연인을
적신 이슬과 자신을 동격으로 삼은 위트와 호흡이 절묘하다.

『히타치풍토기常陸風土記』
작자 미상, 8세기 전반

다카하마의
바닷바람 마음 들뜨게 하니
님 그리워
아내라 부를 수만 있다면
천한들 못생긴들 어떠리

高浜の   Takahama no
下風さやぐ   shitakaze sayagu
妹を恋ひ   imo wo koi
妻といはばや   tsuma to iwaba ya
醜乙女賤も   shiko tome shitsu mo

다카하마 바닷가는 청춘남녀의 사랑이 허용되는 공간이다. 그 바다의 바람은 어떤 바람이기에 아무래도 좋을 정도로 이성을 그리는 마음이 커지는 것일까? 고대가요의 솔직하고 소박한 감정이 아름답다.

90

『양진비초梁塵秘抄』
작자 미상, 12세기경

아름다운 여인 보노라면

한 줄기 덩굴이 되고 싶어지네

뿌리부터 우듬지까지 엉키면

잘려도 또 잘려도

헤어지지 못하는 게 우리의 운명

美女うち見れば	Binjo uchimireba
一本葛にもなりなばやと思ふ	hitomoto kazura ni mo nari na baya to omou
本より末まで縒らればや	moto yori sue made yo rare baya
切るとも刻むとも	kiru tomo kizamu tomo
離れ難きはわが宿世	hanaregataki wa waga sukuse

연리지처럼 사랑하는 것은 모든 연인의 꿈이다. 혼신을 다하는 사랑의 자유로움과 관능미가 돋보인다.

『양진비초梁塵秘抄』
작자 미상, 12세기경

어제 막 시골에서 올라왔기에 마누라도 없소
이 단벌 감청빛 사냥 옷을 색시로 바꿔주오

東より昨日来れば   Azuma yori kinō kitareba
妻も持たず   me mo mota zu

この着たる紺の   Kono kitaru kon no
狩襖に女換給べ   kariawo ni musume kae tabe

짝을 찾는 욕구가 유일한 재산을 포기할 정도로 크다.

『한음집』閑吟集
작자 미상, 16세기경

난 사누키의 츠루하에서 온 사내
아와 총각의 살갗 어루만지니
다리도 좋고 배도 좋아
츠루하 생각 조금도 안 나

われは讃岐の鶴羽の者　　Ware wa Sanuki no Tsuruha no mono
阿波の若衆に肌触れて　　Awa no wakashū ni hata furete
足好や腹好や　　　　　　ashi yo ya hara yo ya
鶴羽のことも思はぬ　　　Tsuruha no koto mo omowa nu

타지방에서 왔지만 새로운 인연을 만나니 고향생각도 전혀 나지 않는다. 동성
간에 보여주는 매혹과 감각의 환희가 솔직하다.

작자 미상, 18세기경

중매쟁이는
시누 하나
죽여버리고

仲人は　　　　　Nakōdo wa
小じうと一人　　kojūto hitori
ころす也　　　　korosu nari

중매를 성공하자면 과장과 허세는 필수다. 예나 지금이나 남자의 결혼에 시누이
많은 것은 악재, 중매쟁이는 멀쩡히 있는 시누를 없는 듯이 허풍을 친다.

작자 미상, 18세기경

중매 노릇만은
정말 용한
명의로구나

仲人に   Nakōdo ni
かけては至極   kakete wa shigoku
名医なり   meii nari

본업인 의술은 변변치 않지만 드나드는 사람들을 중매하는 데는 재주가 있다는 풍자시이다. 오페라 〈세비야의 이발사〉에서 만능일꾼 피가로가 중매 노릇으로 한바탕 소통을 일으키는 장면을 떠올리게 한다.

고바야시 잇사
小林一茶, 1763~1828

유채꽃 범벅으로
돌아왔네
고양이의 사랑

菜の花に　　　　　Nanohana ni
まぶれて来たり　　maburete ki tari
猫の恋　　　　　　neko no koi

유채꽃밭에서 얼마나 격렬히 놀았던가. 노란 유채꽃으로 범벅이 되었을망정 돌아온 것이 다행일세.

오치 에츠진

越智越人, 1656~1739

부러워라

깨끗이 포기할 때의

고양이의 사랑이……

うらやまし   Urayamashi
思い切る時   omoikiru toki
猫の恋   neko no koi

잊지 못하고 연연하는 인간은 깨끗이 포기하는 고양이가 그저 부러울 뿐.

스사노오노미코토

須佐之男命, 연대 미상

> 뭉게뭉게 피어 오르는
>
> 이즈모궁 구름 울타리
>
> 아내를 위해
>
> 겹겹이 에워싸는
>
> 뭉게구름 울타리

八雲立つ	Yakumotatsu
出雲八重垣	Izumo yaegaki
妻ごみに	tsumagomi ni
八重垣作る	yaegaki tsukuru
その八重垣を	sono yaegaki wo

스사노오노미코토 신화 속의 노래이다. 이 신화에서 스사노오노미코토는 머리가 여덟 달린 이무기 야마타노오로치를 퇴치하고 제물이 될 뻔한 처녀를 구하여 아내로 맞는다. 아내를 위하여 겹겹의 구름으로 울타리를 치고 궁궐을 짓는다는 신화적 상상력이 흥미롭다.

후지와라노 데이카
藤原定家, 1162~1241

덧없는 봄밤
꿈의 구름다리
끊어져
산봉우리와 헤어지는
하늘가 구름자락

春の夜の   Haru no yo no
夢の浮橋   yume no ukihashi
とだえして   todae shite
峰にわかるる   mine ni wakaruru
横雲のそら   yokogumo no sora

운우지정昙雨之情이란 남녀의 사랑을 의미한다. 짧은 봄밤, 달콤하지만 덧없는 꿈에서 깨어나니 하늘 닿은 산자락에서도 아련히 운우가 멀어지고 있다.

『고금집古今集』아즈마우타[東歌]
작자 미상, 10세기 이전

당신 두고

내 딴 맘

먹는다면

저 소나무산을

파도가 넘으리라

君をおきて	Kimi wo okite
あだし心を	adashi kokoro wo
わが持たば	waga motaba
末の松山	suenomatsuyama
波もこえなむ	nami mo koe namu

아즈마우타는 관서의 동쪽이라는 의미로 현재 관동지방의 소박한 민요풍의 노래를 뜻한다. 얼마나 많은 연인들이 사랑의 맹세를 했을까? 이도령처럼 '천장지구天長地久 해고석난海枯石爛'이라 하늘땅처럼 오래오래, 바다 마르고 돌 닳아 없어지도록이라 할까?

『고금집古今集』
작자 미상, 10세기 이전

이 세상에

거짓이 없다면

당신의 달콤한 말씀

얼마나

기쁠까요

いつはりの　　　Itsuwari no
なき世なりせば　naki yo nari seba
いかばかり　　　ikabakari
人の言の葉の　　hito no kotonoha no
うれしからまし　ureshikara mashi

사랑의 맹세는 그 순간에는 진실일지라도 불변을 보증하지는 않는다. 사람이 변하듯 맹세도 변하는 것은 흔한 일이다. 그렇지 않은 세상을 꿈꾸는 것은 과도한 희망일까?

헨죠
遍照, 816~890

이름에 반해
꺾어 봤을 뿐이오
여랑화
이 내 타락했노리
전하지 마오

名にめでて　　　Na ni medete
をれるばかりぞ　oreru bakari zo
女郎花　　　　　ominaeshi
われおちにきと　ware ochi ni ki to
人に語るな　　　hito ni kataru na

헨조는 승려이고 여랑화는 여성 또는 기녀를 비유하는 꽃이다. 여성과 인연을
맺고는 사람이 아니라 꽃을 꺾었을 뿐이라고 강변하고 있다. 계율을 넘나드는
풍류가 느껴진다.

『만엽집萬葉集』
작자 미상, 8세기경

앉아도 생각

서서도 생각

붉은

치맛자락 끌며

사라져간 그대의 뒷모습

立ちて思ひ	Tachite omoi
居てもぞ思ふ	ite mo zo omou
紅の	kurenai no
赤裳裾びき	aka mo susobiki
去にし姿を	ini shi sugata wo

붉은 치마는 고혹적인 성적 매력을 내포한다. 끌리는 치맛자락은 그 자체로 여운이다. 앉으나 서나 잊을 수 없는 사람, 사랑이 떠나도 그 모습은 그대로 환영으로 남은 듯 한없이 그 뒷모습을 바라보게 된다.

창백의 계절, 뜨거운 인정

『고금집古今集』
작자 미상, 9세기경

첫여름 기다려 핀
홍귤 꽃
아련히 스친 그 내음은
그리운 옛 님의
옷깃 향이었어라

五月待つ   Satsuki matsu
花たちばなの   hanatachibana no
香をかげば   ka wo kageba
昔の人の   mukashi no hito no
袖の香ぞする   sode no ka zo suru

향기는 강렬한 추억의 환기장치이다. 진초록 이파리 위에 작고 청초한 흰 색의 홍
귤꽃은 기품있고 싱그럽다. 아련한 옛사랑을 떠올리게 하는 향기는 어떤 것일까?

마츠오 바쇼
松尾芭蕉, 1644~1694

아, 반가워라 고마워라
푸른 잎 여린 잎
쏟아지는 햇살

あらたふと　　　　Ara tōto
青葉若葉の　　　　aoba wakaba no
日の光　　　　　　hi no hikari

눈부신 햇살을 받아 빛나는 푸른 잎, 여린 잎들의 향연이다. 일광日光은 도쿠가와
이에야스의 신역神域을 의미하기도 한다. 역사라는 기반 위에서 성장하는 청년을
만나는 것은 경이로움 그 자체이다.

마유즈미 마도카
黛まどか, 1962~

마을 사람,
여행객 모두에게
산이 웃고 있네

村人に   Murabito ni
旅人に   tabibito ni
山笑ひをり   yama warai ori

산이 웃어주는 마을이란 얼마나 정겨운가. 순박한 자연에 사람도 닮아간다.

마츠오 바쇼
松尾芭蕉, 1644~1694

장마 비
모아들여 빠르구나
모가미 강

五月雨を   Samidare wo
集めて早し   atsumete hayashi
最上川   Mogamigawa

배를 타고 모가미 강을 내려간 바쇼의 경험에서 나온 시이지만 마치 강 밖에서
관찰하듯 묘사하였다. 협곡을 흐르는 모가미 강이 스스로 장마 비를 모아들인
듯 급물살이 격렬하다.

요사 부손
与謝蕪村, 1716~1784

장마 비,
큰 강 앞에 두고
집이 두 채

五月雨や　　　Samidare ya
大河を前に　　taiga wo mae ni
家二軒　　　　ie ni ken

장마 비로 강물은 더욱 위태롭게 도도하다. 두 채의 집은 나란히 있을까, 마주
보고 있을까? 그래도 두 채라서 서로 의지가 된다.

후지와라노 슌제이
藤原俊成, 1114~1204

이슥한 밤
비 내리는 산간 초막
옛 생각에 잠길 제
두견새야
네 눈물 더 뿌리지 말아다오

むかしおもふ   Mukasi omou
くさのいほりの   kusa no iori no
よるの雨に   yoru no ame ni
涙なそへそ   namida na soe so
山ほととぎす   yamahototogisu

밤비 내리는 산간초막, 시인은 궁중에서 일하던 호시절이 절로 떠오른다. 여기에 두견새 울음소리 들리니 주룩주룩 내리는 빗물에 더하는 눈물은 두견새의 것일까, 시인의 것일까.

스가와라노 미치자네
菅原道真, 845~903

누구와 더불어 이야기 나눌까
홀로 팔 베고 잠이나 잘 뿐
푹푹 찌는 지루한 장마
아침 밥도 아예 짓지 못 했네
부엌 가마솥엔 물고기가 헤엄치고
계단의 개구리 시끄러이 울어대네
시골 아이가 푸성귀 갖다 주고
아이종은 멀건 죽 쑤어주네

與誰開口說　唯獨曲肱眠
鬱蒸陰霖雨　晨炊斷絶煙
魚觀生竈金　蛙咒聒階甎
野竪供蔬菜　廝兒作薄饘

유배 중인 시인의 우울한 생활상이 잘 드러난다. 장마철, 습한 기운은 사람을 지
치게 하는데 이야기 나눌 사람도 없고 밥도 제대로 짓지 못한다. 시골 아이들이
들어주는 시중은 오죽하랴.

요사 부손
与謝蕪村, 1716~1784

여름 소나기
풀잎 부여잡는
참새들

夕立ちや   Yūdachi ya
草葉をつかむ   kusaba wo tsukamu
むら雀   murasuzume

작은 참새들에게 갑작스레 내리는 세찬 여름 소나기는 얼마나 위협적인가. 온 힘
을 다하여 풀잎이라도 부여잡고 비를 피하며 견뎌내는 것이 타고 난 생존법이다.

하세가와 가이
長谷川櫂, 1954~

교실을
초원으로 생각하는
낮잠!

教室を   Kyōshitsu o
草原とおもふ   sōgen to omou
昼寝かな   hirune kana

더운 여름, 어느 교실에나 꿀잠을 자는 학생은 있기 마련! 초원에서 잠든 양 곤
히 자는 학생에게 작은 부채로 시원한 바람 한 줄기 보태주고 싶다.

고바야시 잇사
小林一茶, 1763~1828

여름 산
한 걸음 한 걸음 오를 때마다
열려오는 바다여

夏山や　　　　　　Natsuyama ya
一足づつに　　　　hito ashi zutsu ni
海見ゆる　　　　　umi miyuru

한 여름 등산은 특히 더 힘들고 괴롭기 마련이다. 그러나 한 걸음 한 걸음 힘겹게 오를 때마다 풍경이 바뀌며, 드디어 정상에 다다를 때, 저 멀리 드넓게 펼쳐지는 바다는 이 고통을 상쇄하고도 남는다.

마유즈미 마도카
黛まどか, 1962~

여름모자
흔드는
큰 손, 작은 손

夏帽子   Natsu bōshi
振る大きな手   furu ōkina te
小さな手   chīsana te

한 여름, 모자를 벗어 손 흔드는 장면은 다양하다. 어른, 아이일까? 여러 사람이
무리지어 있을까? 어떤 모자일까? 헤어지는 중일까? 만나는 중일까? 도대체 어
떤 장면일까?

"저 달 따달라고 울어대는 아이!"

고바야시 잇사
小林一茶, 1763~1828

시원한 바람조차
꾸불꾸불 돌아
불어오는구나

涼風の   Suzukaze no
曲がりくねって   magarikunette
来たりけり   ki tari keri

이 시는 잇사가 살던 막다른 뒷골목 끝의 허름한 나가야長屋(공동주택)를 배경으로 한다. 시원한 바람이 필요한 순간, 느낄 수 없는 바람을 길 따라 꾸불꾸불 돌아온다는 조롱 섞인 유머로 표현하였다.

마츠오 바쇼
松尾芭蕉, 1644~1694

적요하여라
바위에 스며드는
매미 소리

閑さや　　　　　Shizukasa ya
岩にしみ入る　　iwa ni shimiiru
蟬の聲　　　　　semi no koe

입석사立石寺를 배경으로 한 작품이다. 온통 흰 바위산, 매미 소리는 적막을 깨는 것
이 아니라 적막 안에 스며들어 하나가 된다. 불가능을 넘어서는 일체화의 상상력.

마츠오 바쇼
松尾芭蕉, 1644~1694

울어울어
텅 비어버렸나
매미 허물

声にみな	Koe ni mina
泣きてしまふや	nakite shimau ya
蝉の殻	semi no kara

자신의 소명을 다한 처절함이 느껴진다. 울음으로 자신의 존재를 알리며 동시에
자신을 비우는 삶의 역설!

하세가와 가이
長谷川櫂, 1954~

슬픔의
바닥을 관통하고 자는
낮잠!

悲しさの   kanashisa no
底踏み抜いて   soko fuminuite
昼寝かな   hirune kana

엄청난 슬픔의 바닥을 통과하여 겨우 잠깐 낮잠이 들었다. 바닥을 향하는 하강
의 시선은 슬픔을 겪는 화자의 복잡한 상황을 상상케 한다. 슬픔과 낮잠이란 이
질적 요소가 평화롭게 공존한다.

마츠오 바쇼
松尾芭蕉, 1644~1694

옛 전사들의
꿈 자취인가,
무성한 여름 풀

夏草や   Natsukusa ya
兵どもが   tsuwamonodomo ga
夢の跡   yume no ato

옛 전쟁터, 무성한 여름 풀밭에 옛 전사들의 영욕이 영화의 한 장면처럼 오버랩
된다. 그러나 옛 전사들 스러지고 한갓 허무한 꿈이 되듯, 무성한 풀섶도 시간이
지나면 시들고 황량해질 터이다.

무카이 치네

向井千子, ?~1688

쉽게 빛나고

또 쉽게 사라지는

반딧불이여

もえ易く　　　Moe yasuku

又消え易き　　mata kie yasuki

蛍かな　　　　hotaru kana

죽음을 앞둔 시인은 명멸하는 반딧불을 바라본다. 그 허망함은 자신의 짧은 삶
과도 같다.

무카이 쿄라이
向井去来, 1651~1704

손바닥 위에서
슬프게도 사라진
반딧불이여

手の上に   Te no ue ni
悲しくも消ゆる   kanashiku mo kiyuru
蛍かな   hotaru kana

자신의 생을 '반딧불'에 견주었던 누이 무카이 치네의 시에서 운을 따 오빠 쿄라
이가 썼다. '반딧불'처럼 짧은 생을 살다 간 죽은 누이가 그립다. 애지중지 아끼
던 누이를 허무하게 잃은 슬픔이 곡진하다.

가가노 치요조
加賀千代女, 1703~1775

나팔꽃넝쿨
두레박 휘어감아
물 얻으러 가네

朝顔に   Asagao ni
釣瓶とられて   tsurube tora rete
もらひ水   moraimizu

밤사이 훌쩍 자라 두레박을 휘감고 있는 나팔꽃넝쿨, 응당 넝쿨을 걷어내고 물을 긷겠지만 차마 그러지 못하고 물을 얻으러 가는 시인의 마음.

우에지마 오니츠라
上島鬼貫, 1661~1738

울어 예는 벌레 소리,
대야의 목물
아무 데나 버릴 수 없구나

行水の   Gyōzui no
捨てどころなき   sutedokoro naki
虫の声   mushi no koe

가을 풀벌레 소리가 가득 찬 늦은 저녁, 마구 물을 버리다 벌레가 놀랄까 저어하
는 시인의 마음.

마유즈미 마도카
黛まどか, 1962~

갓난아기 재우고
비로소 바라보는
활짝 핀 무궁화

木槿咲き   Mukuge saki
継ぐみどり児を   tsugu midorigo o
眠らせて   nemura sete

육아로 정신없는 젊은 엄마, 아기를 겨우 재우고서야 비로소 뜰을 바라볼 여유
가 생겼다. 다른 꽃이 많지 않은 한 여름, 어느새 크고 환하게 핀 무궁화의 발견,
잠시 망각했던 자신의 발견.

마츠오 바쇼

松尾芭蕉, 1644~1694

길섶의 무궁화,

아차 순간에

말이 먹어치우고 말았네

道のべの   Michinobe no

木槿は馬に   mukuge wa uma ni

くはれけり   kuware keri

사람에게 예쁜 꽃도 동물에게는 그냥 먹이일 뿐이다.

마유즈미 마도카

黛まどか, 1962~

여행하며

사랑하며

끝난 여름 날

旅をして　　　Tabi o shite
恋をして　　　koi o shite
夏果てにけり　natsu hate ni keri

인간으로 보면 젊음은 여름이다. 사랑도 여행도 젊음과 어울린다.

절로 움직이는 마음

어느 비구니^尼

> 사호강 물을
> 힘들여 막아
> 심은 벼인데……

오토모노 야카모치
大伴家持, 718?~785

> 그 벼 거둬 지은
> 햅쌀밥은 어차피 내 차지

佐保川の　　　　　Sahogawa no
水を塞き上げて　　mizu wo sekiagete
植えし田を　　　　ue shi ta wo

刈る早飯は　　　　Karu wasaii wa
独りなるべし　　　hitori naru beshi

전구는 딸을 기르는 비구니, 후구는 그 딸을 탐내는 청년의 시이다. 자식농사라
할 정도이니 자식을 키우기란 얼마나 힘든 일인가. 애써 키운 딸을 보내야하는
어머니는 안타깝고 딸도둑 청년은 언죽번죽 변죽 좋다.

베어야 하나
말아야 하나

야마자키 소칸
山崎宗鑑, 1460~1540

도둑이라고
잡아 보니
내 자식 새끼!

きりたくもあり   Kiritaku mo ari
きりたくもなし   kiritaku mo nashi

ぬすびとを   Nusubito wo
とらへてみれば   toraete mireba
わが子なり   waga ko nari

제시된 전구에 야마자키 소칸이 후구를 덧붙였다. 벨까 말까를 망설이는 대상이
무엇일까? 잡기만 하면 단칼에 베어버려야 할 괘씸한 도둑인데, 맙소사! 자기
자식이다.

야마노우에노 오쿠라
山上憶良, 660?~733?

참외 먹으니

자식 절로 생각나네

밤 먹으니

생각 더욱 간절하네

정녕 어디서

왔단 말인가

눈앞에

자꾸만 아른거려

잠 도무지 이룰 수 없네

瓜食めば	Uri hameba
子等思ほゆ	kodomo omō yu
栗食めば	kuri hameba
ましてしぬはゆ	mashite shinuwa yu
何処より	izuku yori
きたりしものぞ	ki tari shi mono zo
まなかひに	manakai ni
もとなかかりて	motona kakarite
安寝しなさぬ	yasui shi nasa nu

참외Uri와 밤kuri은 이 시대에는 아주 귀하고 아이들이 무척 좋아하는 과일이었다.
리듬의 반복이 재미있다. 자식은 어디에서 와서 어떻게 맺은 인연이기에 이토록
부모를 골몰하게 하는 존재일까?

야마노우에노 오쿠라
山上憶良, 660?~733?

금이야 은이야

세상 보화인들

어찌

자식에

비할소냐

銀も   Shirogane mo
金も珠も   kugane mo tama mo
何せむに   nani se mu ni
まされる宝   masareru takara
子にしかめやも   ko ni shika me ya mo

앞 시와 짝을 이루는 단시(反歌)이다. 그 어떤 보물에도 비길 수 없는 것이 귀한 자
식이다. 자식에 대한 사랑을 이렇게 솔직하게 표현한 아버지의 시는 흔치 않다.

야마노우에노 오쿠라
山上憶良, 660?~733?

저 오쿠라는
이제 물러나야겠소이다
아이가 울고 있을 테고
그 애 어미도
저를 기다리고 있을 테니

憶良らは   Okurara wa
今は罷らむ   ima wa makara mu
子泣くらむ   ko naku ramu
それその母も   sore sono haha mo
我を待つらむぞ   wa wo matsu ramu zo

술자리에서 먼저 일어나야 할 때, 가족을 이유로 대는 것은 딱 좋은 방법! 가족
을 아끼는 마음을 솔직하게 표현하는 것이 흔치 않던 옛날, 진솔한 가족애를 보
여주는 현대적 감성이 각별하다.

작자 미상, 18세기경

자고 있어도
부채는 절로 움직이네
부모의 마음

寝ていても　　　　Nete ite mo
扇の動く　　　　　uchiwa no ugoku
親心　　　　　　　oyagokoro

아기와 같이 누워 잠이 들어도 아기가 행여나 더울까 잠든 상태에서도 자기도
모르게 부채질을 하는 부모의 마음.

야마노우에노 오쿠라
山上憶良, 660?~733?

어찌할 도리 없이
힘들어
뛰쳐나와
사라져버리고 싶어도
아이들이 걸리네

すべもなく	Sube mo naku
苦しくあれば	kurushiku areba
出で走り	ide hashiri
去ななと思へど	inana to moe do
子等に障りぬ	kora ni sayari nu

세상이 가정을 이루고 자식을 갖기를 권하는 것은 그들이 올무가 되어 사람을 세
상에 잡아두기 위해서이다. 병들어 세상 일을 놓고 싶어도 자식을 생각하면 여의
치 않다. 오쿠라는 아버지의 지극한 자식사랑을 곡진하게 표현할 줄 알던 특별한
시인이다.

하세츠카베노 이나마로
丈部稲麻呂, 8세기경

부모님이

머리 쓰다듬으며

무사히 다녀오라

이르신 말씀

잊을 길 없네

父母が	Chichihaha ga
頭かき撫で	kashira kakinade
幸くあれて	saku arete
いひし言葉ぜ	ī shi kotoba ze
忘れかねつる	wasure kane tsuru

변방을 수비하는 병사의 노래防人歌이다. 고대 일본에서는 관동에서 멀리 큐슈지
방을 방비하도록 병사를 파견하였다. 고향을 떠나 먼 타향에서 생사 안녕도 제
대로 전하지 못하고 부모님의 손길을 기억하며 그리워하는 마음이 애절하다.

고바야시 잇사
小林一茶, 1763~1828

정어리 사세요……
정어리 사세요……
우는 아이 업은 채

鰯めせ   Iwashi mese
めせとや泣く子   mese to ya naku ko
負ひながら   oi nagara

반복을 통해 여백의 깊이를 보여준다. 정어리는 싸고 흔한 서민의 생선이다. 어린아이를 업고 생선 행상을 하는 엄마와 엄마 등에 업힌 아이의 고단함이 함께 애틋하다.

아키모토 후지오
秋元不死男, 1901~1977

거리에는
크리스마스
엄마아빠는 배를 젓는다

クリスマス　　　　　Christmas
地に来ちちはは　　　chi ni ki chichihaha
舟を漕ぐ　　　　　　fune o kogu

흥성거리는 크리스마스 거리, 아이는 운하에서 노를 저어 먹고 사는 부모를 기다린다. 화려한 거리를 배경으로 가난한 일가족의 가족애가 소박하다.

단 다이기
炭太祇, 1709~1771

한 밤의 다듬이질,
잠에서 깬 남편의 한 마디
그만 자

寝よといふ　　　　　Neyo to yū
寝覚めの夫や　　　　nezame no otto ya
小夜砧　　　　　　　sayokinuta

다듬이질 소리는 이백李白의 〈자야오가子夜吳歌〉에서 비롯된 동아시아 공통의 심상
이다. 멀리 떠난 남편을 그리워하며 긴긴 밤을 다듬이질로 지샌다는 의미이다. 그
러나 이 시에서 남편은 바로 곁에 있다. 전복적 상상력이 유쾌하다.

작자 미상, 18세기

외박하고 돌아와선
공연히 함께한 친구
욕을 하고

朝帰り　　　　　　　　Asagaeri
むしゃうに連れを　　　mushōni tsure wo
わるくいひ　　　　　　waruku ī

외박 후 아침에 들어와서는 으레 친구 탓을 하며 변명과 핑계를 늘어놓는다.

사키모리의 처

防人の妻, 8세기경

저 변방으로

가는 사람 누구 남편이야?

무심히 묻는 사람

부럽기만 하니

그런 걱정, 할 리 없으니

防人に   Sakimori ni

行くは誰が背と   yuku wa taga se to

問ふ人を   tou hito wo

見るが湊しさ   miru ga tomoshisa

物思もせず   monomoi mo se zu

변방으로 남편을 보내는 아내에게 '누구 남편이냐'고 아무 근심없이 질문하는
사람들은 좋겠다. 무심결에 던지는 질문에도 가슴이 찢어지는 사람이 있다.

사노노 치가미노 오토메
狭野茅上娘子, 8세기

님 가시는

머나먼 길

말아 접어

태워 버릴

하늘 불길이라도 내리쳤으면!

君が行く   Kimi ga yuku
道の長手を   michi no nagate wo
くりたたね   kuritatane
やきほろぼさむ   yaki horobosa mu
天の火もがも   ame no hi mogamo

님이 떠나가는 길을 띠를 말듯이 모아접어 태워 없앤다는 거대한 신화적 상상
이 격렬하다. 간절한 사랑은 기발한 상상력을 격동케 한다. 황진이의 시조 "동짓
달 기나긴 밤을 한 허리를 버혀 내어~"에서와 같이 분절 불가능한 시간을 분절
가능한 사물에 비유한 것과 견주어 볼 만하다.

스가와라노 미치자네
菅原道真, 845~903

집에서 온 편지를 읽다

소식 막힌 지 석 달 남짓

바람 따라 편지 한 통 날아왔네

서쪽 문의 나무는 누가 뽑아가고

북쪽 정원엔 남이 와 산다 하네

생강 싼 종이엔 '약종자'라 씌었고

다시마 든 바구니엔 '제'에 올릴 음식이라 씌었네

아내와 아이 춥고 배고프단 말은 없지만

그래서 도리어 슬프고 괴롭네

讀家書

消息寂寥三月餘　便風吹著一封書
西門樹被人移去　北地園敎客寄居
紙裏生薑稱藥種　竹籠昆布記齋儲
不言妻子飢寒苦　爲是還愁懊惱余

권력의 정점에서 실각하여 유배당한 후 다자이후太宰府(지금의 후쿠오카)에서의 비참한 생활을 보여준다. 가산은 적몰 당하여 풍비박산이 났고 전해 온 음식이나마 빼앗길까, 약이니 제사니 포장하였다. 가족들의 곤핍이 뻔하니 더욱 괴롭다.

고바야시 잇사
小林一茶, 1763~1828

유품처럼 남은 아이,
오늘 엄마가 오신다고
손뼉 치며 좋아하네!

かたみ子や　　　Katami ko ya
母が来るとて　　haha ga kuru to te
手をたたく　　　te wo tataku

'가타미形見'란 돌아가신 분이 생전에 특별히 아끼던 유품을 의미한다. 아이를
'가타미'라 한 데에서 아이에 대한 안쓰러움이 묻어난다. 기일을 맞아 돌아가신
엄마가 오는 날이라고 하니 천진하게 기뻐하는 아이의 모습이 더욱 애잔하다.

고바야시 잇사
小林一茶, 1763~1828

어미 없는 아기참새야

이리 와,

나하고 놀자!

我と来て   Ware to kite
あそべや親の   asobe ya oya no
ない雀   nai suzume

작고 힘없는 아기참새와 어미 없는 자신을 같은 눈높이로 보면서도 연민에 빠
지지 않는다. 호모루덴스의 놀이하는 상상력이 유쾌하다.

신라로 파견 가는 사신
遣新羅使, 8세기경

산마루에
달 기우니
고기 잡는
어부의 불빛
먼 바다 위에 아른거리네

山の端に   Yamanoha ni
月傾けば   tsuki katabukeba
漁する   isarisuru
海人の燈火   ama no tomoshibi
沖になづさふ   oki ni nazusau

먼 뱃길을 앞둔 사신은 벌써 집 떠나온 불안과 향수로 밤새 잠 못 이룬다. 한밤중 달이 기울도록 밖에 나서 먼 바다를 바라보니 밤배 내고 고기 잡는 어부들의 삶이 아련하다.

152

가키노모토노 히토마로
柿本人麻呂, 660?~724?

가을 산
갈잎은 너무도 무성하여
헤매는
아내 찾을 길
막막하네

秋山の   Akiyama no
黃葉を茂み   momiji wo sigemi
迷ひぬる   matoi nuru
妹をもとめむ   imo wo motome mu
山道しらずも   yamaji shira zu mo

가을 숲길은 저승으로 가는 황천길과 이어진다. 모호한 삶과 죽음의 경계에 서니 마치 죽은 아내를 볼 수 있을 듯 무성한 갈잎, 그 산속으로 갈 길은 아득하기만 하다.

마츠오 바쇼
松尾芭蕉, 1644~1694

오늘 따라 부모님이
왜 이렇게 보고 싶을까?
꿩 우는 소리

父母の   Chichihaha no
しきりに恋し   shikirini koishi
雉子の声   kiji no koe

알을 품고 있는 꿩은 알을 두고 절대로 날아가지 않는다. 그래서 한꺼번에 잡혀
'꿩 먹고 알 먹고'란 속담이 생겨났다. 부모님의 묘소에 참배하고 꿩 우는 소리
를 들으니 자신도 모르게 자꾸만 부모님이 더 그리워진다.

고바야시 잇사
小林一茶, 1763~1828

돌아가신 어머니,

바다 볼 때마다

볼 때마다

亡き母や   Naki haha ya

海見るたびに   umi miru tabi ni

見る度に   miru tabi ni

잇사는 3살에 어머니를 여의었다. 물을 보면 정이 그리워진다 하였으니 모습도
알지 못하는 어머니를 그리워한다면 바다만큼 아닐까.

가는 나, 머무는 너

오시코치노 미츠네
凡河內躬恒, 859?~925?

여름 가고
가을 오는
하늘 길엔
한 켠에만
바람 시원히 불겠지

夏と秋と	Natsu to aki to
行きかふ	yukikau
空のかよひ路は	sora no kayoiji wa
片方すずしき	katae suzushiki
風や吹くらむ	kaze ya fuku ramu

계절의 미묘한 변화를 공간적으로 표현했다. 우주공간을 분할하여 가을이 오는 한쪽에만 시원한 바람이 분다는 동시적 상상력이 기발하다.

후지와라노 도시유키
藤原敏行, ?~907?

눈으로 시원스레
볼 수 없지만
바람 소리에
가을 왔음을
홀연 깨닫네

秋来ぬと　　　　　　Aki ki nu to
目にはさやかに　　　me ni wa sayakani
見えねども　　　　　mie ne domo
風のおとにぞ　　　　kaze no oto ni zo
おどろかれぬる　　　odoroka re nuru

입추를 맞이하여 쓴 시이다. 눈에 보이는 풍물에는 변화가 없지만 아침저녁, 우연히 피부에 닿는 시원한 느낌과 바람 소리로 계절이 바뀌고 가을이 왔음을 순간적으로 깨닫는다.

하시모토 다카코
橋本多佳子, 1899~1963

칠월 칠석
갓 머리 감고
님과 만나다

七夕や   Tanabata ya
髪ぬれしまま   kami nure shi mama
人に逢ふ   hito ni au

견우직녀가 만나는 칠석날, 젖은 머리를 미처 말릴 새도 없이 설레는 마음으로
님을 만난다.

마츠오 바쇼
松尾芭蕉, 1644~1694

거센 바다
사도섬에 가로놓인
은하수

荒海や   Araumi ya
佐渡に横たふ   Sado ni yokotau
天の川   amanogawa

사도섬은 죄인이 유배가는 섬이었다. 거칠게 파도치는 바다와 고립된 섬 사이에
은하수를 두었다. 이 섬과 바다 사이의 은하수에는 칠석의 재회를 기대할 수 있
는 오작교가 없다. 거친 파도 같은 고달픈 삶뿐이다.

고바야시 잇사
小林一茶, 1763~1828

아름다워라
구멍난 장지문 너머
은하수

うつくしや   Utsukushi ya
障子の穴の   shōji no ana no
天の川   amanogawa

잇사가 병석에 있을 무렵에 쓴 작품이다. 병든 시인은 아마도 바깥을 보고 싶었을 것이다. 좁은 구멍으로 바라보는 은하수는 얼마나 더 넓고 아름다웠을까?

마유즈미 마도카

黛まどか, 1962~

가을바람,

어느 쪽에서랄 것 없이

찾아온 이별!

秋風や　　　　　　Akikaze ya

どちらからとも　　dochira kara tomo

なく別れ　　　　　naku wakare

가을을 뜻하는 '아키'는 싫증난다는 뜻의 '아키루'와 발음이 같다. 동음어를 사
용하여 중의적 의미를 표현했다.

마사오카 시키
正岡子規, 1867~1902

가는 나
머무는 너
서로 다른 두 개의 가을

行く我に　　　Yuku ware ni
とどまる汝に　todomaru nare ni
秋二つ　　　　aki futatsu

같은 계절이라지만 있는 곳이 다르다면 같은 계절일 수 있을까. 같은 곳에 있어 같은 가을을 보내다가 이별하니 떠나는 사람과 머무는 사람의 가을이 둘로 나뉘었다. 가을이기에 석별의 정이 더욱 각별하다.

165

마츠오 바쇼
松尾芭蕉, 1644~1694

스쳐가는 가을바람
흰 돌산보다
더 희구나

石山の   Ishiyama no
石より白し   ishi yori shiroshi
秋の風   aki no kaze

동양의 오행에 따르면 가을은 서방을 의미하며 그 색은 희다. 하얀 석산에 가을
이란 절기의 색채를 결합했다. 흰 바람은 어떤 바람일까? 어떻게 바람에서 색을
볼 수 있을까?

마사오카 시키
正岡子規, 1867~1902

구름 한 점 없는 가을하늘
쯔쿠바산
고추잠자리

赤蜻蛉　　　　　Akatombo
筑波に雲も　　　Tsukuba ni kumo mo
なかりけり　　　nakari keri

가을 산에 파란 하늘, 빨간 고추잠자리가 어울리는 전형적인 가을 스케치이다.
더욱이 쯔쿠바산[비]은 높지 않고 놀기 좋은 곳이라 사람들이 많이 모여든다. 인간
의 어울림과 자연의 선명한 색채가 더욱 화려하게 펼쳐진다.

에이후쿠몬인
永福門院, 1271~1342

싸리꽃 지는
뜨락의 가을바람
서늘히 스며들고
석양빛은 벽으로
스러져 가누나

真萩ちる   Mahagi chiru
庭の秋風   niwa no akikaze
身にしみて   mi ni shimite
夕日のかげぞ   yūhi no kage zo
かべに消えゆく   kabe ni kie yuku

스며듦의 감각이 참신하다. 향긋하고 서늘한 가을바람이 몸 안으로 스며들고 옅
어지는 석양빛 또한 벽에서 스러진다.

마츠오 바쇼
松尾芭蕉, 1644~1694

한 지붕 아래
유녀도 잠들었네
달과 싸리꽃

一つ家に　　　　Hitotsuya ni
遊女も寝たり　　yūjo mo ne tari
萩と月　　　　　hagi to tsuki

가을 달빛을 받으며 작은 별들처럼 피어난 가녀린 싸리꽃은 청신하게 아름답다.
그 서늘한 향기는 지붕 아래 잠든 고단한 인생의 꿈길에 서려있지 않을까.

『고금집古今集』
작자 미상, 10세기 이전

수목 사이로
새듯 비치는
달빛 보니
아, 수심의 계절
가을이 왔구나

木の間より   Konoma yori
もりくる月の   morikuru tsuki no
かげ見れば   kage mireba
心づくしの   kokorozukushi no
秋は来にけり   aki wa ki ni keri

그림자는 빛을 느끼게 한다. 무성한 잎에 가려져 여름에는 보이지 않던 달빛이
여위기 시작한 수목 사이로 비쳐드니 시름겨운 가을이 왔음을 실감한다.

가츠미 지류
勝見二柳, 1723~1803

흰 국화꽃,
울타리 휘감아 도는
물 소리

白菊や   Shiragiku ya
籬をめぐる   magaki wo meguru
水の音   mizu no oto

그윽한 향기 풍기는 하얀 국화가 피고 울타리에 물까지 휘돌아 흐르니 맑고 청
량한 기운이 더욱 고결하다. 은자의 거처일까.

오시코치노 미츠네
凡河內躬恒, 859?~925?

맘 가는 대로
한 송이 꺾어 볼까나
첫 서리
내려앉은
흰 국화꽃

心あてに　　　　　Kokoro ate ni
折らばや折らむ　　oraba ya ora mu
初霜の　　　　　　hatsushimo no
置きまどはせる　　oki madowa seru
白菊の花　　　　　shiragiku no hana

서리를 맞은 흰 국화는 더욱 청초하고 처연하게 아름답다. 꺾고 싶은 마음은 서리 때문일까? 꽃 때문일까?

요사 부손
与謝蕪村, 1716~1784

산자락은 저물고
들녘에는 황혼빛
나부끼는 참억새

山は暮れて　　　Yama wa kurete
野は黄昏の　　　no wa tasogare no
薄かな　　　　　susuki kana

산은 이미 어둑어둑 저물었지만 들녘에는 황혼이 남아 비치니 참억새는 금빛
으로 물결친다. 같은 순간, 동시에 보이는 풍경이지만 다른 시간, 다른 공간처럼
이해된다.

작자 미상, 18세기경

해묵은 연못,
물도 참 맑구나
마른 참억새

古池の   Furuike no
みずもすみけり   mizu mo sumi keri
枯尾花   kareobana

바쇼의 추모회에서 창작된 작자 미상의 작품이다. 바쇼의 '개구리'나 '매미'는 적막의
순간에 파동을 일으키는 존재를 통해 사유의 계기를 제공한다. 그러나 마른 참억새
뿐인 한겨울, 살아있는 생물이 사라진 세상에는 적요를 깨는 인식의 순간도 없다.

이노우에 시로
井上士朗, 1742~1812

영원하여라
산 위로 솟아오른
이 밤의 저 달

よろずよや　　　Yorozuyo ya
山の上より　　　yama no ue yori
今日の月　　　　kyō no tsuki

넓고 어두운 밤하늘, 영원한 밝은 달이 또다시 영원하기를 소망한다. 밝음과 어두움, 정적인 산과 동적인 월출, 영원과 '이 밤'이란 순간이 경이롭게 어우러진다.

지엔
慈円, 1155~1225

이 내 마음
묻는 이
어찌 없는가
우러르니 하늘에는
드맑은 달빛

思ふ事   Omou koto
など問う人の   nado tou hito no
なかるらん   nakaru ramu
仰げば空に   aogeba sora ni
月ぞさやけき   tsuki zo sayakeki

누군가 내 마음이 어떤가 물어준다는 것은 얼마나 든든한 일인가. 아무도 묻는
이 없어 우울하고 답답한 마음으로 하늘을 우러른다. 그곳에서 내 마음을 모두
안다는 듯 나를 비춰주는 맑고 푸른 달빛!

고바야시 잇사
小林一茶, 1763~1828

저 달
따달라고
울어대는 아이!

あの月を　　　　Ano tsuki wo
とってくれろと　totte kurero to
なく子かな　　　naku ko kana

달을 따줄 수 없다는 것을 어떻게 설명할까? 차라리 뒷동산에 올라가 무등을 타고 장대로 달을 따서 망태에 담자고 함께 노래나 불러볼까?

나카하라 난텐보

中原南天棒, 1839~1925

이 달이
갖고 싶으면 줄게
따 봐!

この月が   Kono tsuki ga
欲しくばやろふ   hoshikuba yarō
とってみよ   totte miyo

천진하고 간명한 문답 속에 선禪문답과 같은 오묘함이 있다. 달을 딴다는 어린이
같은 순진한 상상은 불가능의 현실과 강렬하게 대비된다.

야마자키 소칸
山崎宗鑑, 1465?~1554?

달에 손잡이를

달면 멋질 거야

달부채 시원하다!

月に柄を　　　　Tsuki ni e wo
さしたらばよき　　sashitaraba yoki
うちわかな　　　　uchiwa kana

가을날 저녁, 환한 보름달을 부채로 만드는 우주적 상상력이 기발하다.

오기와라 세센스이
荻原井泉水, 1884~1976

하늘을 걸어가다
밝고 맑게
달 한 명

空をあゆむ　　　Sora o ayumu
朗々と　　　　　rōrō to
月ひとり　　　　tsuki hitori

작가 자신을 달과 동일시하여 '한 명이 걸어간다'고 표현한 점이 참신하다. 하이
쿠의 5·7·5 정형률을 파괴하여 6·5·5로 변주한 내재율 하이쿠이다.

마유즈미 마도카
黛まどか, 1962~

막걸리에 취해
시원하게
달이 떴네!

マッコリに　　　　Makkori ni
涼しく月の　　　　suzushiku tsuki no
上がりけり　　　　agari keri

기분 좋은 취기로 하늘을 본다. 보름달이 쑥 올라오듯 수월하게 떴다는 의미와
넓은 하늘에 휘영청 밝은 달이 시원해 보인다는 의미를 교직하였다.

오자키 호사이
尾崎放哉, 1885~1926

이렇게 좋은
달을 나 홀로
보고 잠을 잔다

こんなよい　　　　Konna yoi
月を一人で　　　　tsuki wo hitori de
見て寝る　　　　　mite neru

달 하나만으로도 좋음은 충분하다. 그러나 정말 좋은 것을 만나면 나누고 싶은
마음이 든다. 완결된 고독 뒤에는 그리움도 자연스럽다.

처마 밑에서 찬 비를 보다

오토모노 다비토
大伴旅人, 665~731

쓸데없는
생각은 해서 무엇하리
탁주 한 사발
들이키는 것이
차라리 낫지

しるしなき   Shirushi naki
ものを思はずは   mono wo omowa zu wa
ひとつきの   hito tsuki no
にごれる酒を   nigore ru sake wo
のむべくあるらし   nomu beku aru rashi

술은 시인의 영원한 친구이다. 시인이 큐슈로 좌천되고 아내를 잃는 등 어려운 시기를 견뎌내며 읊은 시이다. 좋은 청주도 아니고 거친 탁주 한 사발에 실어보내는 시름이 첩첩하다. 이 시인은 13편의 권주가를 남겼다.

오토모노 다비토
大伴旅人, 665~731

산 자는
결국 죽을
것이니
지금 이 순간을
즐기리라!

生ける者   Ikeru hito
遂にも死ぬる   tsuini mo shinuru
ものにあれば   mono ni areba
今ある間は   ima aru hodo wa
楽しくをあらな   tanoshiku wo ara na

JUST DO IT!
RIGHT NOW!

아카조메 에몬

赤染衛門, 960?~1041?

꿈이 꿈일까

현실이 꿈일까

도대체 분간이 되지 않네

어떤 세상이 오면

꿈에서 깰 수 있을까

夢や夢　　　　　　　Yume ya yume

うつつや夢と　　　　utsutsu ya yume to

わかぬかな　　　　　waka nu kana

いかなる世にか　　　ikanaru yo ni ka

覚めむとすらむ　　　same mu to sura mu

꿈은 사람을 움직이게 하는 희망이고 힘이기도 하지만 현실의 결핍과 고통에서 도피하는 방법이기도 하다. 꿈이 필요 없는 세상, 꿈을 꾸지 않는 세상이란 그 자체가 완성된 세상, 깨달음의 세상 아닐까.

쇼쿠시 나이신노
式子内親王, 1149~1201

이제껏 보아온 것
아직 못 본 앞일
그 모든 게
찰나에 떠오르는
덧없는 환영일 뿐

見しことも　　　Mi shi koto mo
見ぬ行末も　　　mi nu yukue mo
仮初の　　　　　karisome no
枕に浮ぶ　　　　makura ni ukabu
まぼろしの内　　maboroshi no uchi

실재했던 과거와 미래에 대한 짐작 모두 지금 이 순간에는 부재하는 헛된 '환영'
일 뿐이다.

다카하마 교시
高浜虚子, 1874~1959

거미로 태어나
거미줄을 쳐야만
하는 건가……

蜘蛛に生れ   Kumo ni umare
網をかけねば   ami wo kake neba
ならぬかな   nara nu kana

타고난 숙명이란 피할 수 없는 것인가? 작은 거미로 태어나 거미줄을 벗어날 수
없는 것도 비루한데, 하물며 거미줄에 걸리는 작은 날벌레를 바랄 수밖에 없음
에랴. 그러나 운명의 극복은 자신에 대한 인식과 질문에서 시작한다.

와타나베 스이하
渡辺水巴, 1882~1946

겨울 산,
어디까지 올라가나
우편배달부

冬山や   Fuyuyama ya
どこまで登る   doko made noboru
郵便夫   yūbinhu

춥고 황량한 겨울 산이란 배경은 외로운 인가ㅅ와 우편배달부의 고단한 삶을
새삼 발견할 수 있게 한다.

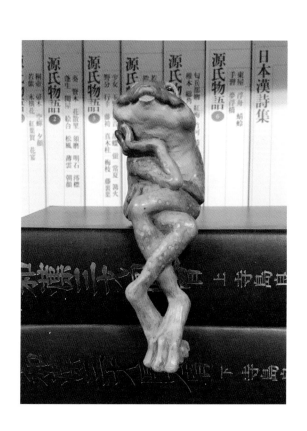

고바야시 잇사
小林一茶, 1763~1828

사람 오거든
개구리가 되어라,
물속의 참외

人来たら　　　　Hito ki tara
蛙となれよ　　　kaeru to nare yo
冷し瓜　　　　　hiyashi uri

시원해지라고 물에 채워놓은 참외마저 의인화하면서 살아남기를 기원하는 잇
사의 생명예찬이 놀랍다. 토종 참외는 '개구리참외'로 불렸다. 녹색과 노란색이
섞여 있어 개구리와 색깔이 비슷하다.

고바야시 잇사
小林一茶, 1763~1828

야야야, 제발 치지 마
파리가 손 비비고
발 비비고

やれ打つな   Yare utsu na
蠅が手を摺り   hae ga te wo suri
足をする   ashi wo suru

여름 파리는 내리쳐 잡는 게 예사이지만 파리에게는 생사가 달린 문제다. 파리는 살아남기 위해 손 비비고 발 비비고 혼비백산 정신없다. 자칫 혐오의 대상일 수 있는 존재마저 옹호하는 시인의 생명존중이 아름답다.

고바야시 잇사
小林一茶, 1763~1828

큰 방에
사람 한 사람
파리도 한 마리

人一人　　　　Hito hitori
蠅もひとつや　　hae mo hitotsu ya
大座敷　　　　ōzashiki

세도가를 방문하여 큰 방에서 대기 중, 세력 좋은 주인은 나올 줄을 모르고 큰 방에 홀로 덩그마니 앉았다. 파리 한 마리조차 동무 삼는 잇사의 생명 동등의 상상력이 발랄하다. 과연 파리의 시인이라 할 만하다.

다케베 소초
建部巣兆, 1761~1814

하룻밤 머물게 된 곳은
갈대밭에서
모기 달려드는 집!

すすきから　　　Susuki kara
蚊の出る宿に　　ka no deru yado ni
泊まりけり　　　tomari keri

하룻밤 묵을 곳이 갈대밭 근처에 있다면 모기가 서식하기 좋은 환경인 것은 당
연하다. 갈대밭 모기가 많은 허름하고 불편한 숙소다.

"울어 예는 벌레소리, 대야의 목물 아무데나 버릴 수 없구나"

行水の
捨てどころなき
虫の声

마츠오 바쇼
松尾芭蕉, 1644~1694

우리 집
손님 대접은
작은 모기!

我宿は   Wagayado wa
蚊の小さきを   ka no chīsaki wo
馳走かな   chisō kana

사는 집이 청빈하여 모기가 서식하기에 좋은 환경은 아니다. 덕분에 모기가 작은 것이 손님에게 다행이랄까.

무카이 쿄라이
向井去来, 1651~1704

잘리는
꿈 깨자,
벼룩에 물린 자국

切られたる   Kira re taru
夢はまことか   yume wa makoto ka
蚤のあと   nomi no ato

목이 베이는 끔찍한 악몽을 꾸었는데 깨어보니 벼룩에 물렸다. 꿈과 현실을 넘나들 수 있다면 그 반대도 가능할까? 악몽 같은 현실을 벼룩에 물리는 꿈처럼 지나갈 수 있다면……

작자 미상, 18세기경

엄마는
자식 거짓핑계에
맞장구 치고

母親は   Hahaoya wa
息子のうそを   musuko no uso wo
足してやり   dashite yari

자식이 뻔한 거짓말로 변명하고 핑계대고 허풍을 쳐도 짐짓 맞장구를 치며 자식을 보호하려 하지. 여튼 엄마들이란!

작자 미상, 18세기경

관리의
자식은 쥐엄쥐엄
잘도 익히고

役人の   Yakunin no
子はにぎにぎを   ko wa niginigi wo
よく覚え   yoku oboe

주먹을 쥐었다 펴는 쥐엄쥐엄은 아기들이 가장 먼저 익히는 움직임이다. 그러나 하필 관리의 자식이 쥐엄쥐엄을 하고 있으니 귀엽기보다 뇌물을 요구하는 관리 아비가 떠오른다. 관리의 자식은 뭐 달라는 법을 잘도 배우는구나 빈정거리고 싶어진다.

스가와라노 미치자네
菅原道真, 845~903

돌아와 자리를 나란히 앉고
궁정에서 서로 눈짓을 주고받네
예전에 들인 비용 갚아주기 위해
이곳만 추구하고 원칙은 내던지네
상관 중에 강직한 자 있다면
비분강개 안 할 수 없지
마땅히 밝게 규찰하여
저 파렴치한 꺾어놓으리
그 도둑들 도리어 주인을 증오하니
주인 목숨 잃고서야 그 내막 알겠네

歸來連座席　公堂偸眼視
欲酬他日費　求利失綱紀
官長有剛腸　不能不切齒
定應明糺察　屈彼無廉恥
盜人憎主人　致死識所以

매관매직하는 탐관오리의 성공과 충신의 축출이란 정치권의 문제는 고금이 같은 것일까? 현실을 비판하고 목민관의 의무를 강조하는 작가의 정치의식을 잘 보여준다.

아리마노 미코
有間皇子, 640~658

집에서라면

그릇에 담을 밥을

풀포기 베고 눕는

니그네 길에서는

나뭇잎에 담아먹네

家にあれば   Ie ni areba

笥に盛る飯を   ke ni moru ī wo

草枕   kusamakura

旅にしあれば   tabi ni shi areba

椎の葉に盛る   shī no ha ni moru

형장으로 가는 길에 식사를 하면서 읊은 시이다. 죽음을 향해 가면서도 담담한
19살 시인의 마음이 숭고하다.

아리마노 미코
有間皇子, 640~658

이와시로 바닷가
몰래 맺어놓은
소나무 가지
살아서 돌아올 수만 있다면
다시 볼 수 있으련만……

いはしろの   Iwashiro no
浜松が枝を   hamamatsu ga e wo
引き結び   hikimusubi
まさきくあらば   masakiku araba
また帰り見む   mata kaeri mi mu

무사를 빌며 십장생의 하나인 소나무 가지를 묶는 것은 고대 일본의 민간신앙이었다. 역모에 연루되어 형장으로 떠나면서 살아 돌아올 수 없음을 예감한다. 그러나 죽음의 공포보다 삶에 대한 간절한 염원을 보여주는 시인의 감성이 애잔하다.

마츠오 바쇼
松尾芭蕉, 1644~1694

이제 나도 늙었구나
김에 섞인 모래알에
시큰해진 이!

衰へや　　　　　　Otoroe ya
歯に喰ひあてし　　ha ni kuiate shi
海苔の砂　　　　　nori no suna

늙음은 돌연하다. 보통 때는 의식하지 못하다가 갑자기 작은 사건으로 늙음을 깨닫는다. 예전에는 수작업으로 김을 만들어 김에 모래알 등이 붙어 있는 경우가 많았다.

마츠오 바쇼
松尾芭蕉, 1644~1694

열반회,
합장한 주름진 손
염주 소리

涅槃会や　　　　Nehan'e ya
皺手合る　　　　shiwade awasuru
数珠の音　　　　juzu no oto

열반회는 부처님이 입적한 음력 2월 15일에 열리는 법회이다. 겹겹의 주름으로
남은 생애 너머, 열반을 바라보는 이에게 극락왕생은 가장 간절한 소망이다.

"눈 내리는 아침 두 이자 두 이자의 나막신 자국"

雪の朝
二の字二の字の
下駄のあと

야마노우에노 오쿠라
山上憶良, 660?~733?

사내 대장부로 태어나

이대로 가야 한단 말인가

만대에

전할

이름 하나 얻지 못한 채

士やも	Onoko yamo
空しかるべき	munashikaru beki
万代に	yorozuyo ni
語りつぐべき	kataritsugu beki
名は立てずして	na wa tate zu shite

오쿠라가 병이 위중할 때 문병에 답한 시이다. 남자가 입신양명을 꿈꾸는 것은 응당한 일이거늘 수명의 끝이 보여도 이름을 얻지 못하였으니 탄식이 절로 나온다.

『이세 이야기』
작자 미상, 9세기경

굳이 내 생각

말하지 않으리

내 심정 같은 이

결코 이 세상에

없을 테니

思ふこと	Omou koto
いはでぞただに	iwa de zo tada ni
やみぬべき	yami nu beki
われとひとしき	ware to hitoshiki
人しなければ	hito shi nakereba

이해와 소통을 원하지만 결국 인간은 절대 고독을 느낄 수밖에 없다. 『이세 이야기』 124장의 와카이다. 이세 이야기의 주인공으로 알려진 아리와라노 나리히라의 생애가 오버랩된다.

아리와라노 나리히라
在原業平, 825~880

언젠가

떠나야 할

길이라 들었건만

이렇게 가게 될 날

닥쳐 올 줄이야

つひにゆく　　　　　Tsuini yuku
道とはかねて　　　　michi to wa kanete
聞きしかど　　　　　kiki shika do
昨日今日とは　　　　kinō kyō to wa
思はざりしを　　　　omowa zari shi wo

인간의 수명이 유한하다는 것은 누구나 알고 있다. 그러나 갑자기 닥쳐오는 죽음 앞에서는 누구나 놀라고 당황한다. 이세 이야기 125장 마지막 부분에 세상을 하직하며 부르는 노래辭世歌로 실려 있다.

소기
宗祇, 1421~1502

세상살이는
차디찬 겨울비 피해
처마 밑에 잠시 머무는 것

世にふるも　　　　Yo ni furu mo
さらに時雨の　　　sarani shigure no
宿りかな　　　　　yadori kana

갑작스럽게 내리는 차디찬 겨울비는 세상살이 같다. 처마 밑에서 찬 겨울비를
잠시 피하려 하니 그 찰나 또한 세상살이와 같다. 차가운 겨울비를 맞고 피함이
다르지 않으니 삶은 곧 고해인 것일까.

호소카와 가라시아

細川ガラシア, 1563~1600

떠나야 함을

알게 될 때

비로소

꽃도 꽃이 되고

사람도 참사람이 되는 것을

散りぬべき   Chiri nu beki

時知りてこそ   toki shirite koso

世の中の   yononaka no

花も花なれ   hana mo hana nare

人も人なれ   hito mo hito nare

작자는 오다 노부나가를 죽인 아케치 미츠히데의 딸로 태어나 파란만장한 삶을 살았다. 천주교도로서 순교를 앞두고 쓴 시이다. 죽음을 수용하는 순간, 삶의 의미는 오히려 완성된다.

사이교
西行, 1118~1190

저 후지산의 연기가
바람에 흩날리며
하늘로 사라져
행방을 알 수 없게 되듯
내 마음도 그와 같구나

風になびく   Kaze ni nabiku
富士の煙の   Fuji no kemuri no
空に消えて   sora ni kiete
行方も知らぬ   yukue mo shira nu
わが思ひかな   waga omoi kana

지고의 경지에서 불확실성을 넘어서는 해탈의 상상력이 돋보인다. 후지산의 분화
는 결과를 알 수 없는 일이고 사람의 마음이 요동치는 것도 그러하지만, 결국은 후
지산의 연기가 스러져 알 수 없게 되듯 인간의 존재도 또한 무無로 돌아간다.

나 홀로 저무는 가을

마사오카 시키
正岡子規, 1867~1902

감 먹으니
종 울리네
법륭사에서

柿くえば   Kaki kueba
鐘が鳴るなり   kane ga naru nari
法隆寺   Hōryūji

시인이 젊은 나이에 투병하면서 나라의 법륭사로 여행할 때 쓴 시이다. 일상적
으로 느끼는 달콤한 미각과 장중한 사찰 종소리의 청각이 절묘하게 어우러진다.
무엇보다 감이 녹아드는 달콤한 기쁨의 순간과 영원한 불법의 엄숙함이 대조되
는 바가 오묘하다. 근대 하이쿠의 백미이다.

마츠오 바쇼
松尾芭蕉, 1644~1694

가는 가을이여,
손 벌린
밤송이여

行く秋や　　　　　　Yukuaki ya
手をひろげたる　　　te wo hiroge taru
栗のいが　　　　　　kuri no iga

아람이 벌어진 밤송이를 입 벌렸다는 흔한 표현 대신 참신하게 손 벌렸다고 표
현했다. 가을이 가고 있다면 밤알이 떨어진 밤송이는 가을더러 가지 말라고 붙
잡는 것일까, 밤알을 돌려달라고 손 내미는 것일까?

마츠오 바쇼
松尾芭蕉, 1644~1694

가을 달빛 속에
벌레 한 마리
소리 없이 밤을 갉아먹는다

夜ル竊ニ   Yoru hisokani
虫は月下の   mushi wa gekka no
栗を穿ツ   kuri wo ugatsu

밤을 갉아먹는 밤알 속의 벌레가 사람의 눈에 보일 리 없다. 그러나 환한 가을
달밤은 보이지 않는 미물의 삶조차 얼마나 치열한지 생생히 보여준다.

쇼쿠시 나이신노
式子内親王, 1149~1201

인적 없는 뜨락
이슬 맺힌 풀숲
귀뚜라미
홀로 가냘프게
울고 있네

跡もなき   Ato mo naki
庭の浅茅に   niwa no asaji ni
むすぼほれ   musubōre
露のそこなる   tsuyu no soko naru
松むしのこゑ   matsumushi no koe

찾아오는 이 없는 뜰, 이슬 맺힌 풀숲에서 울고 있는 귀뚜라미는 화자 자신이다.
'청귀뚜라미'를 뜻하는 '마츠무시'와 '기다리다'를 뜻하는 '마츠'를 함께 써서 기
다리는 여인을 중의적으로 강조하였다.

가가노 치요조
加賀千代女, 1703~1775

달 밝은 밤,
돌 위에 앉아서
우는 귀뚜라미!

月の夜や　　　　　Tsuki no yo ya
石に出て鳴く　　　ishi ni dete naku
きりぎりす　　　　kirigirisu

달 밝은 밤, 풀숲에서 나와 돌 위를 무대 삼고 달빛을 스포트라이트로 삼아 온통
자신을 드러내 보이는 귀뚜라미! 아무리 작은 미물도 때로는 주목받는 생이고
싶다.

미우라 초라
三浦 樗良, 1729~1780

이 가을 첫 기러기
달 옆에
나타나다

初雁や　　　　　Hatsukari ya
月のそばより　　tsuki no soba yori
あらわるる　　　arawa ruru

달과 기러기는 대표적인 가을 풍물이다. 달 옆으로 홀연히 나타난 기러기, 처음
만나게 된 순간을 포착한 도저한 시각성이 돋보인다.

무카이 쿄라이

向井去来, 1651~1704

고향에서도

이제는 객지 잠 신세

철새는 날고

故郷も　　　　　Furusato mo

今はかり寝や　　ima wa karine ya

渡り鳥　　　　　wataridori

철새에게는 고향이 없다. 계절에 따른 도래지가 있을 뿐이다. 한 번 고향을 떠난 자는 다시 돌아가지 못한다. 철새처럼 다만 도래할 뿐이다.

사이교
西行, 1118~1190

마음 없는
이 몸에도
절로 저며오네
도요새 푸득이는 늪가
가을 저녁의 어스름

心なき   Kokoro naki
身にもあはれは   mi ni mo aware wa
知られけり   shira re keri
しぎたつ沢の   shigi tatsu sawa no
秋の夕ぐれ   aki no yūgure

시인은 승려로서 스스로 초연하다고 생각한다. 그러나 도요새의 비상에 고요했
던 마음이 흔들리고 파문이 인다. 격동하는 감정에서 느껴지는 인정미와 그 후
에 이어지는 어스름 저녁의 적요가 심오하다.

후지와라노 데이카
藤原定家, 1162~1241

아스라이 바라보니
꽃도 단풍도
간 곳 없네
바닷가 오두막
가을 저녁의 어스름

見わたせば	Miwataseba
花も紅葉も	hana mo momiji mo
なかりけり	nakari keri
浦のとまやの	ura no tomaya no
秋の夕暮	aki no yūgure

흔히 봄이면 꽃을, 가을이면 불붙는 붉은 단풍을 아름답다 노래하지만 가을날의 쓸쓸한 풍정을 읊는다면 어떤 것일까. 사시사철 변할 것 없는 해안가, 가을 저녁 어스름이란 시간 속에 오두막에 깃든 어부의 고단함이 모노톤으로 그려진다.

마츠오 바쇼
松尾芭蕉, 1644~1694

마른 나뭇가지
까마귀 앉아있네
늦가을 저녁의 어스름

枯枝に   Kareeda ni
烏泊まりけり   karasu tomari keri
秋の暮   akinokure

늦가을 저녁, 낙엽도 모두 진 메마른 나뭇가지에 웅크리고 앉은 까마귀. 모든 검은 빛을 응축하는 듯, 모든 검은 색을 뿜어내는 듯. 긴 겨울, 어두운 밤을 예고하는 어둡고 황량하고 처연한 바르도의 시간.

마츠오 바쇼
松尾芭蕉, 1644~1694

아직도 살아있는
방랑의 끝자락이여
늦가을 저녁의 어스름

死にもせぬ   Shini mo se nu
旅寝の果てよ   tabine no hate yo
秋の暮   akinokure

여행을 시작할 때는 죽음조차 각오했지만 결국은 살아서 고향에 돌아온 감회,
겨울을 맞기 전에 무사히 돌아온 안도감. 계절의 _끄트머리_, 하루의 _끄트머리_를
동시에 품은 늦가을 저녁의 어스름이란 시간의 의미가 처연하다.

마츠오 바쇼
松尾芭蕉, 1644~1694

객사 각오하고
떠나는 방랑길에
사무치는 찬 바람

野ざらしを   Nozarashi wo
心に風の   kokoro ni kaze no
しむ身かな   shimu mi kana

들판에 방치된 채 스러지는 주검을 '노자라시'라고 한다. 옛날 먼 여행을 떠나는
데는 종종 죽음까지도 각오하는 비장함이 필요했다. 마침 불어오는 찬바람은 싸
늘한 한기로 감정을 뒤흔든다.

마츠오 바쇼
松尾芭蕉, 1644~1694

가을은 깊어만 가는데
옆방사람은 무얼 하는
나그네일까

秋深き   Aki fukaki
隣は何を   tonari wa nani wo
する人ぞ   suru hito zo

늦가을 늦은 저녁, 사람이 그리워지는 계절이고 시간이다. 그리움이 이웃에 대한 관심, 같은 처지 나그네에 대한 관심으로 전이된다.

와카야마 보쿠스이
若山牧水, 1885~1928

산 넘고
강 건너
얼마나 가야 하나
고독의 저편 그 곳 향해
오늘도 간다

幾山河   Iku yama kawa
越えさり行かば   koe sari yukaba
寂しさの   sabishisa no
終てなむ国ぞ   hate namu kuni zo
今日も旅ゆく   kyō mo tabi yuku

고독이 끝난 피안의 세계가 있을 리 없지만 나그네는 닿을 수 없는 곳을 향해
걷고 또 걷는다. 나그네의 숙명이다.

마츠오 바쇼
松尾芭蕉, 1644~1694

이 외길
가는 사람 아무도 없이
나 홀로 저무는 가을

この道や   Kono michi ya
行く人なしに   yuku hito nashi ni
秋の暮れ   akinokure

늦가을 저녁, 여전히 길을 가는 나그네의 정경이 처연하다. 자신의 삶은 결국 혼자서 가는 것이다. 나그네의 여정과 시인의 숙명이 겹쳐진다.

아귀 엉덩이에 절하기,
가사노 이라쯔메의 사랑

가사노 이라쯔메
笠女郎, 8세기

은밀한 내 사랑을
그대가 세상에다 알리셨나요
참빗 넣어둔 함이
활짝 열려버린
꿈을 꾸었어요

わが思ひを　　　Waga omoi wo
人に知るれや　　hito ni shirure ya
玉くしげ　　　　tamakushige
開き明けつと　　hiraki ake tsu to
夢にし見ゆる　　ime ni shi miyuru

사랑을 소중히 감춰두고 싶지만 연인의 과시로 드러날까 시인의 마음은 불안하게 흔들린다. 여성의 머리카락을 가꾸는 참빗은 함 속에 소중히 간수해야 하는데, 활짝 열려있다는 표현이 정신분석학적이다.

가사노 이라쯔메
笠女郎, 8세기

아침 안개인양

아련히

만난 사람이기에

이토록 죽을 듯이

사랑에 사랑을 더해가는 걸까

朝霧の   Asagirino

鬱に相見し   oho ni aimi shi

人ゆゑに   hito yue ni

命死ぬべく   inochi shinu beku

恋ひ渡るかも   koiwataru kamo

아침 안개처럼 불확실하고 모호하고 덧없는 사랑에 왜 더 끌리고, 왜 더 깊이 빠져드는 것일까?

가사노 이라쯔메
笠女郎, 8세기

꿈속에서 보았네
내 몸에 와 닿는
검의 날카로운 칼날은
도대체 무슨 징조일까
그대를 만난다는 뜻일까

剣太刀	Tsurugitachi
身に取り副ふと	mi ni torisou to
夢に見つ	ime ni mi tsu
何の兆そも	nani no saga so mo
君に逢はむため	kimi ni awa mu tame

칼날은 남성을 상징한다. 프로이트의 정신분석학을 연상케 할 만큼 이미지가 강
렬하다.

가사노 이라쯔메
笠女郎, 8세기

저녁 오면
시름 더 깊어갑니다
뵈옵던 분
말 건네던 모습
자꾸만 아른거려서

夕されば   Yū sareba
物思ひまさる   monomoi masaru
見し人の   mi shi hito no
事とふ姿   koto tou sugata
面影にして   omokage ni shite

고대 일본은 일부다처제로 남성이 여성의 집에 저녁에 찾아가 새벽에 돌아가는
형태였다. 기다림의 시간인 저녁, 정인이 찾지 않으니 사랑을 기억하는 여인의
정한은 깊어갈 뿐이다.

가사노 이라쯔메
笠女郎, 8세기

모두 다
잠자라고
종을 치건만
자꾸 그대 떠올라
잠 못 이루네

皆人を   Mima hito wo
寝よとの鐘は   neyo to no kane wa
打つなれど   utsu naredo
君をし思へば   kimi wo shi omoeba
寝ねかてぬかも   ine kate nu kamo

취침 종이 울려도 잠들지 못하고 홀로 연인을 생각하는 마음은 예나 지금이나
다르지 않다.

가사노 이라쯔메
笠女郎, 8세기

날 사랑하지 않는
사내를 사랑하는 것은
큰 절간
아귀 엉덩이에다 대고
절하는 꼴이지

相思はぬ   Aiomowa nu
人を思ふは   hito wo omou wa
大寺の   ōtera no
餓鬼の後に   gaki no shirie ni
額つくごとし   nukatsuku gotoshi

사랑이 조롱으로 바뀌었다. 나를 사랑하지 않는 자를 사랑하는 것은 절에 가서
부처가 아니라 사천왕 발밑에서 벌 받는 아귀의, 그것도 아귀의 앞이 아니라 엉
덩이에 절하는 것처럼 어리석은 일이다.

오지 않아도 좋아,
애증의 변주곡

『한음집^{閑吟集}』
작자 미상, 16세기경

하룻밤 사랑이지만

헤어지기 못내 아쉬워 뒤따라 나가보니

벌써 앞바다에

배기 빠르게 가고 있네

안개는 짙어지네

一夜馴れたが   Hitoyo nare ta ga
名残り惜しさに   nagorioshisa ni
出でて見たれば   idete mi tareba
沖中に舟の早さよ   oki naka ni fune no hayasa yo
霧の深さよ   kiri no fukasa yo

우리 가요 〈남자는 배 여자는 항구〉의 심상 그대로이다.

아리와라노 나리히라
在原業平, 825~880

아스라이 밝아오는
아카시 해안가
새벽 안개 속
섬 사이로 멀어져 간
쪽배 생각나네

ほのぼのと	Honobono to
明石の浦の	Akashi no ura no
朝霧に	asagiri ni
島がくれゆく	shimagakure yuku
舟をしぞ思ふ	fune wo shi zo omou

이별의 순간, 떠나간 사람을 직접 언급하기보다 아스라한 안개 속의 새벽 배를
떠올리는 우회의 언어가 품위 있다.

오노노 고마치
小野小町, 825?~900?

그리다 생각하다
잠들어
그의 모습 보였을까
꿈인 줄 알았으면
깨지나 말 것을

思ひつゝ   Omoitsutsu
寝ればや人の   nureba ya hito no
見えつらむ   mie tsu ramu
夢としりせば   yume to shiri seba
覚めざらましを   same zara masi wo

현실에서는 만날 수 없어 그립고 애타는 사람, 그리워하다, 생각하다 잠들었더
니 생시인 듯 만났다. 아뿔싸! 꿈이었네. 아깝고 안타깝다. 신카이 마코토의 애
니메이션 〈너의 이름은〉에 영감을 준 시로 알려져 있다.

오노노 고마치
小野小町, 825?~900?

선잠에
고운 님
뵈온 후론
덧없는 꿈마저
이리도 기다려지네

うたたねに	Utatane ni
恋しき人を	koishiki hito wo
見てしより	mite shi yori
夢てふものは	ime to yū mono wa
たのみそめてき	tanomi some te ki

못 만나던 님을 꿈에서 한 번 만나자 허무한 꿈에서일망정 또 만나고 싶다. 기다리고 기대하고 의지하는 마음이 간곡하다.

가야 시라오
加舎白雄, 1738~1791

임 그리워라!
불 밝힐 무렵
꽃이 지고……

人こいし   Hitokoishi
灯ともしころを   hitomoshi koro wo
さくらちる   sakura chiru

자연의 빛이 지고 인간의 불을 켤 무렵, 꽃이 지는 탐미의 순간, 그리운 사람이 그립다.

누카타노 오키미
額田王, ?~690

님 그리워

애닯게 기다릴 제

드리운 발

스치며

가을바람만 지나가네

君まつと   Kimi matsu to
わが恋をれば   waga koi oreba
わが宿の   wagayado no
すだれうごかし   sudare ugokashi
あきのかぜふく   aki no kaze fuku

문에 드리운 발이 움직이는 소리가 날 때마다 님인가 귀를 기울이지만 그저 무
심한 가을바람이다. 그냥 바람도 아니고 가을바람이라 더 시름겹다. 전화벨이
울려 기다리던 전화인가 허겁지겁 받았지만 광고전화일 때 이런 기분일까.

후지와라노 데이카
藤原定家, 1162~1241

돌아오는 길에
당신은
보고 있겠지요?
밤새 기다리다 보는
저 새벽달을

かへるさの　　　　　Kaerusa no
ものとや人の　　　　mono to ya hito no
詠むらむ　　　　　　nagamu ramu
待つ夜ながらの　　　matsu yo nagara no
有明の月　　　　　　ariakenotsuki

밤새 기다렸지만 정인은 오지 않으니 어딘가 다른 곳에서 다른 여인과 지냈으리라. 새벽이 되어 그곳을 나서면 자신이 외로이 보는 새벽달을 정인은 다른 여인과 헤어져 그녀를 생각하며 달콤하게 바라보겠지. 남성작가가 여성의 감정에 이입하여 표현하는 바가 섬세하다.

미부노 다다미네
壬生忠岑, 860?~920?

지새는 달
무정하던
이별 후로
새벽처럼
괴로운 것 다시 없네

ありあけの　　　　Ariake no
つれなくみえし　　tsurenaku mie shi
わかれより　　　　wakare yori
あかつきばかり　　akatsuki bakari
うきものはなし　　uki mono wa nashi

밤새 함께하다가 헤어지는 새벽은 달콤하고 서운하지만 다시 만날 기약이 없는 새벽은 얼마나 쓰라린가. 함께 보던 달은 그대로이기에 괴로움은 더욱 깊다.

오토모노 사카노우에노 이라쯔메
大伴坂上郎女, 8세기경

아무리 좋아해도

소용없어

뻔한 데도

왜 이렇게

내 사랑은 계속되는 걸까

思へども　　　　　　Omoe domo
驗も無しと　　　　　shirushi mo nashi to
知るものを　　　　　shiru mono wo
何しかここだ　　　　nani shika kokoda
わが恋ひわたる　　　waga koiwataru

이성으로도 지성으로도 말릴 수 없는 사랑 앞에 인간은 얼마나 속수무책인가.
다만 안타까울 따름이다.

나를 기다리게만 하고 오지도 않는 사낸

뿔이 세 개 돋아난 도깨비나 되어라

여자들이 다 도망가게

서리, 눈, 우박 내리는 논바닥의 새나 되어라

실컷 발이나 시리게

차라리 연못의 부평초나 되어버려라

이리 흔들 저리 흔들 평생 떠돌아나 다니게

我を頼めて来ぬ男　　　　Ware wo tanomete ko nu otoko

角三つ生いたる鬼になれ　tsuno mittsu oi taru oni ni nare

さて人に疎まれよ　　　　sate hito ni utoma re yo

霜雪霰ふる水田の鳥となれ　shimo yuki arare furu mizuta no tori to nare

さて足冷たかれ　　　　　sate ashi tsumetakare

池の浮草となりねかし　　ike no ukikusa to nari ne kashi

と揺りかう揺り揺られ歩け　to yuri kō yuri yura re aruke

여인의 원망은 오뉴월에도 서리를 내리게 한다. 구체적이고 발랄한 복수의 상상이 깜찍하다.

『양진비초梁塵秘抄』
작자 미상, 12세기경

여자나이 꽃다운 때
기껏해야 열너대여섯에서 스물서넛까지라 하던가
서른너댓 살이 되면
단풍 아랫잎과 다름없다네

女の盛りなるは　　　　　Onna no sakari naru wa
十四五六歳二十三四とか　jūshigoroku sai nijūsanyon toka
三十四五にしなりぬれば　sanjūshigo ni shi nari nureba
紅葉の下葉に異ならず　　momiji no shitaba ni kotonara zu

단풍은 잎의 마지막이지만 그래도 아름답다. 그러나 그중에서 맨 밑에 있는 단풍잎은 아예 눈에 띄지 않는다. 해학적이면서도 잔혹한 팩트폭격이다.

『한음집閑吟集』
작자 미상, 16세기경

사내는 그냥 좋아하지 말아야 돼
좋아진 다음에
어차피 헤어지이이이이이이고 말 건데
그게 너무 힘든 일이니까

ただ人には馴れまじものぢや　　Tada hito ni wa nare maji mono ja
馴れての後に　　　　　　　　　narete no nochi ni
離るるるるるるるるが　　　　　karururururururururu ga
大事ぢやるもの　　　　　　　　daiji jaru mono

익숙해진 사랑은 내려놓고 헤어지기가 더 어렵다. 헤어져야겠다는 결정이 얼마
나 어려운지 동사의 어미를 반복하여 솔직하면서도 경쾌하게 드러냈다.

이와노히메노 오기사키
磐姫皇后, 4세기경

당신 행차하고
여러 날 지났습니다
산으로
찾아나서야 할까요
이대로 마냥 기다려야 할까요

君が行き   Kimi ga yuki
日長くなりぬ   ke nagaku nari nu
山尋ね   yama tazune
迎えか行かむ   mukae ka yuka mu
待ちにか待たむ   machi ni ka mata mu

왕이 사냥 핑계로 궁 밖으로 행차하고 질투심 많은 왕후는 안절부절 남편을 기다린다. 사랑과 질투의 경계를 긋는 일은 언제나 어렵다. 이와노히메는 고훈(古墳)시대의 인물로 심한 질투에 대한 일화가 다수 전해온다.

『한음집閑吟集』
작자 미상, 16세기경

오지 않아도 좋아

꿈과 꿈 사이의 이슬 같은 나

만남도 깜짝 번쩍이는 저녁 하늘의 번갯불일 테니까

来ぬも可なり   Ko nu mo ka nari

夢の間の露の身の   yume no aida no tsuyunomi no

逢ふとも宵の稲妻   au tomo yoi no inazuma

보고 싶은 사람이 오지 않아도 좋다고 하는 반어적 표현이 빛난다. 나란 존재가
이미 덧없는 이슬이라면 사랑은 더 짧다. 그러나 번개의 강렬함을 무엇이 대체
할 수 있을까?

이세
伊勢, 872?~938

황량한 겨울 들판
타오르는 불이
될 수만 있다면
이 몸 태워서라도
다시 봄을 기다리는 것을

冬枯れの   Fuyugare no
野べとわが身を   nobe to wagami wo
思ひせば   omoi seba
燃えても春を   moete mo haru wo
待たましものを   mata mashi mono wo

황량한 겨울 들판에도 희망은 있다. 사랑을 잃은 여인에게는 이조차 닿지 못할
부러운 꿈이다.

머리카락 쓰다듬던 손길,
이즈미 시키부의 정한

이즈미 시키부
和泉式部, 976?~1036?

깊은 수심에 잠겨
늪가에서
반딧불 나는 걸 보니
마치 내 몸에서 빠져나온
혼불 같네

もの思へば　　　　Monomoeba
沢の蛍も　　　　　sawa no hotaru mo
わが身より　　　　wagami yori
あくがれ出づる　　akugare izuru
魂かとぞ見る　　　tama ka to zo miru

사찰에서 기도 중에 쓴 시이다. 몸과 마음이 하나가 되도록 다스리려 하지만 깊은 시름에 빠져 쉽지 않다. 반딧불이 나는 것을 보자 자신의 몸과 마음이 여전히 따로라는 것을 깨닫는다.

이즈미 시키부
和泉式部, 976?~1036?

저 세상 가서
떠난 이 세상
추억할 수 있게
한 번만 더
그대 만나봤으면

あらざらむ   Ara zara mu
この世のほかの   konoyonohoka no
思ひ出に   omoide ni
いまひとたびの   ima hitotabi no
あふこともがな   au koto mogana

병이 깊어 위중한 상태에서 사랑하는 사람에게 보낸 시이다. 죽음을 생각하는
순간에 보여주는 연정이 애절하다.

이즈미 시키부
和泉式部, 976?~1036?

머리카락
흐트러진 것도 모른 채
넋 놓고 있노라니
사랑스레 쓰다듬어 주던
그 손길 생각나네

黒髪の   Kurogami no
乱れも知らず   midare mo shira zu
打伏せば   uchifuseba
先づ掻き遣りし   mazu kakiyari shi
人ぞ恋しき   hito zo koishiki

연인을 잃고 몸단장을 잊으니 아름답던 머리카락도 흐트러지고 말았다. 흩어진 머리를 보니 머리카락 속 깊이 손가락을 넣어 다정히 긁어주던 사랑의 기억이 더 생생해진다. 슬픔과 그리움은 더욱 더 깊어진다.

이즈미 시키부
和泉式部, 976?~1036?

이슬방울
꿈, 이 세상, 환영
이 모두가 다
덧없는 내 사랑에 비하면
영원인 것을

しら露も　　　　　Shiratsuyu mo
夢もこの世も　　　ime mo konoyo mo
まぼろしも　　　　maboroshi mo
たとへていへば　　tatoete ieba
久しかりけり　　　hisashikari keri

이미 끝난 사랑처럼 덧없고 부질없는 것이 있을까. 꿈이나 환영인듯 아무리 짧고 허무한 것이라고 해도!

이즈미 시키부
和泉式部, 976?~1036?

그대를 사무치게 사랑하는
마음 산산이
부서졌어도
잃어버린 조각
하나 없네

君恋ふる   Kimi kouru
心は千々に   kokoro wa chiji ni
砕くれど   kudakuredo
一つも失せぬ   hitotsu mo use nu
ものにぞありける mono ni zo ari keru

사랑하는 님의 죽음을 겪으며 시인의 마음은 산산이 부서지고 흩어진다. 그러나 그 조각조차 어느 하나 잃어버리기에는 사무치는 마음이다. 오롯이 남아서 님을 향하는 지고의 사랑!

266

이즈미 시키부
和泉式部, 976?~1036?

속세를 떠난다
생각하니
그 생각 더더욱 슬프구나
그대에게 길든
이 몸이기에

捨て果てむと   Sutehate mu to
思ふさへこそ   omou sae koso
悲しけれ   kanashikere
君に馴れにし   kimi ni nare ni shi
わが身と思へば   wagami to omoeba

출가를 결심하며 모든 집착을 버리려 하지만 정작 자신이야말로 님에게 가장
길든 존재이다. 어떻게 자신을 버릴 수 있을 것인가.

이즈미 시키부
和泉式部, 976?~1036?

이 세상 덧없음을
내 눈으로 똑똑히 보았음에도
꿈결인 듯 밤이면
아무 일 없이 잠을 자는
날 진정 사람이라 할 수 있으랴

はかなしと	Hakanashi to
まさしく見つる	masashiku mi tsuru
夢の夜を	ime no yo wo
驚かで寝る	odorokade nuru
我は人かは	ware wa hito ka wa

아무리 힘들고 어렵고 허무한 세상에서 살아도 여전히 삶은 계속된다. 고프면 밥을 먹고 졸리면 잠을 잔다. 실존적 요구에 대한 통렬한 각성!

겨울들판을 헤매도는 꿈

마유즈미 마도카
黛まどか, 1962~

어디까지가 사랑?

어디까지가

겨울 하늘?

どこからが　　　Doko kara ga
恋どこまでが　　koi doko made ga
冬の空　　　　　fuyu no sora

사랑과 하늘은 그 경계를 분명히 지을 수 없다. 겨울은 이 불확실한 본성에 가닿는
깊이와 긴장을 부여한다.

미즈하라 슈오시
水原秋桜子, 1892~1981

새파란

무사시노의 하늘,

소복이 쌓인 낙엽

むさしのの空   Musashino no sora
真っ青なる   massaonaru
落葉かな   ochiba kana

끝없이 펼쳐진 무사시노 평원에 낙엽이 지고 여기에 잇닿은 드높이 푸른 하늘
이 선명하게 대비된다. 청청한 초겨울 하늘과 흙으로 돌아가는 낙엽의 대조는
심원한 한 순간의 포착이다.

마츠오 바쇼
松尾芭蕉, 1644~1694

내 이름을
나그네라 불러다오
초겨울 찬비

旅人と   Tabibito to
我が名呼ばれん   waga na yoba re mu
初時雨   hatsushigure

막 여행을 시작하였다. 마침 찬 겨울비가 내리고 있으니 첫걸음을 시작한 나그네는 역경을 예감한다.

마츠오 바쇼
松尾芭蕉, 1644~1694

초겨울 찬비
원숭이도
도롱이가 탐이 나나봐

初時雨   Hatsushigure
猿も小蓑を   saru mo komino wo
欲しげなり   hoshigenari

겨울 들어서며 처음으로 차가운 비가 내리고 있다. 나그네의 도롱이를 부러운
듯 바라보는 사람과 원숭이의 마음이 같다.

요사 부손
与謝蕪村, 1716~1784

햇볕 내리쬐는,
마을 구석진 곳에 핀
겨울국화!

寒菊や　　　　　Kangiku ya
日の照る　　　　hi no teru
村の片ほとり　　mura no katahotori

겨울이 왔다. 봐주는 사람 없는 마을의 구석진 곳, 그래도 햇빛 따사롭게 비추는
곳에 남아 추위를 견디며 피어있는 국화는 얼마나 반갑고 갸륵한가.

고바야시 잇사
小林一茶, 1763~1828

논 다시 찾은 기러기,
마을 사람 수는
오늘도 줄기만 하고……

田の雁や　　　　　Ta no kari ya
里の人数は　　　　sato no ninzu wa
けふもへる　　　　kyō mo heru

겨울철새는 돌아왔는데 사람들은 떠난다. 기러기가 찾아올 무렵, 추수를 끝낸 가난한 농군들은 한가한 농한기를 구가하는 것이 아니라 다른 곳으로 일거리를 찾아 떠나야 한다. 돌아옴과 떠남의 이율배반적 현실이 애틋하다.

야마베노 아카히토
山部赤人, ?~736?

바닷가
차오르는 물에
점점 갯벌 잠기자
갈대밭 향해
두루미떼 울며 날아가네

若の浦に   Wakanoura ni
潮満ち来れば   shio michikureba
潟をなみ   kata wo nami
芦辺をさして   ashibe wo sashite
鶴鳴き渡る   tazu nakiwataru

아름다운 현대 자연다큐의 영상미를 능가한다. 밀물과 파도 소리, 갈대숲으로
향하는 새떼의 비상과 울음소리가 절묘하게 어우러진다.

견당사 수행원의 어머니
遣唐使随員の母, 7~8세기경

나그네가

노숙하는 들판에

찬 서리 내리면

우리 아이 깃털로 감싸주세요

저 하늘의 두루미들이여

旅人の   Tabibito no

宿りせむ野に   yadori se mu no ni

霜降らば   shimo furaba

わが子羽ぐくめ   waga ko hagukume

天の鶴群   ame no tazumura

당나라로 파견되는 사신을 견당사라고 한다. 그 수행원의 어머니가 읊은 노래이
다. 먼 타지로 자식을 떠나보내는 어머니의 기도가 간절하다. 학이라고 하는 동
아시아적 애니미즘에 의탁하여 하늘의 조력자에게 아들의 안녕을 빌고 있다.

요사 부손
与謝蕪村, 1716~1784

이빨로
쇠 갉는 쥐들의
소리 오싹!

真金はむ   Magane hamu
鼠の牙の   nezumi no kiba no
音さむし   oto samushi

쥐가 드나드는 곳이라면 아마도 몹시 춥고 허술한 집일 것이다. 게다가 쥐가 먹지도 못할 쇠붙이를 갉아대고 있다면, 추위에 오싹! 공포로 오싹!!

호시노 타츠코
星野立子, 1903~1984

오싹 오싹
추위가 즐거워!
걸어서 간다

しんしんと   Shinshinto
寒さがたのし   samusa ga tanoshi
歩み行く   ayumi yuku

차가운 겨울날씨에도 위축됨 없이 씩씩하게 걸어가는 모습에서 젊은이의 패기가 느껴진다. 'しんしん shinshin'이란 표현이 우리말 '씽씽'처럼 긴장과 속도감이 느껴져 좋다.

고바야시 잇사
小林一茶, 1763~1828

맛있어 보여,
호로록
홀홀 눈 내리네

むまそうな   Muma sōna
雪がふうわり   yuki ga fūwari
ふわりかな   fuwari kana

하얀 눈송이, 하얀 쌀가루 같기도 하고 하얀 떡가루 같기도 하고 하얀 솜사탕 같
기도 하고 하얀 빙수 얼음 같기도 하고.

덴 스테조
田捨女, 1634~1698

눈 내린 아침
두 이자 두 이자의
나막신 자국

雪の朝   Yuki no asa
二の字二の字の   ni no ji ni no ji no
下駄のあと   geta no ato

눈 내린 아침, 두 이二자 모양으로 선명한 나막신의 발자국, 아무 사심 없이 사물을 보는 어린 여자아이의 시선이다.

요사 부손
与謝蕪村, 1716~1784

걸어오는
술병이나 있었으면 좋겠네,
겨울 칩거

ひとりゆく　　　　Hitori yuku
とくりもがな　　　tokuri mogana
冬ごもり　　　　　fuyugomori

이불 밖은 위험하다. 따뜻한 이불 속에 칩거하는 겨울, 저절로 술병이 앞으로 와
준다면 얼마나 좋을까? 술병은 여유이다. 굶주림을 면하는 끼니거리가 아니라
술을 희망하는 시인의 여유가 좋다.

스가와라노 미치자네
菅原道真, 845~903

누가 먼저 추위를 탈까?

추위는 빠르네, 돌아온 유랑인에게

호적을 보아도 새로 온 사람 없는데

이름을 물어 옛 신분을 헤아릴 뿐

수확이 적어 고향은 척박하고

떠도느라 모습이 가난하구나

자비로운 정치로 품지 않으면

떠도는 유랑인 늘어만 나리

何人寒氣早　寒早走還人
案戶無新口　尋名占舊身
地毛鄉土瘠　天骨去來貧
不以慈悲繫　浮逃定可頻

『한조십수寒早十首』는 '누가 먼저 추위를 탈까'로 시작하는 열 편의 연작시이다. 살기 힘들어 고향을 등졌다가 그조차 여의치 않아 돌아왔으나 척박한 세상은 바뀌지 않았고 호적조차 없어져 설상가상이다. 백성을 아끼는 정치가 없이는 이들을 돌볼 길이 없다.

스가와라노 미치자네
菅原道真, 845~903

누가 먼저 추위를 탈까?

추위는 빠르네, 약초꾼에게

종류를 구분하고 약성을 판별하여

나라의 부역을 이로써 충당하네

때가 되면 약초를 잘만 캐지만

병들어도 가난하여 치료하지 못하네

약초 하나가 조금만 부족해도

가혹한 매질 견디기 어렵네

何人寒氣早　寒早藥圃人
辨種君臣性　充傜賦役身
雖知時至探　不療病來貧
一草分銖缺　難勝箠決頻

『한조십수寒早十首』 중 하나이다. 가난한 백성의 애환이 절절하다. 여기에서는 약
초를 캐는 백성이 정작 자신이 아플 때, 약초를 쓰기는커녕 오히려 얻어맞고 학
대 받는 고통스러운 현실을 보여준다. 지방관으로서도 어찌지 못하는 가혹한 현
실이 안타깝다.

마츠오 바쇼
松尾芭蕉, 1644~1694

추운 겨울 날
말 위에 얼어붙은
검은 그림자

冬の日や　　　　Fuyunohi ya
馬上に氷る　　　bajō ni kōru
影法師　　　　　kagebōshi

겨울날, 말을 타고 간다는 것은 맨몸으로 맹추위를 모두 겪는다는 뜻이다. 추위에
완전히 얼어붙어 나그네는 아무 감각도 영혼도 없는 어두운 그림자처럼 되었다.

야마베노 아카히토
山部赤人, ?~736?

다고해안 따라
나와 보니
새하얗게
후지산 높은 봉우리에
눈이 내리네

田子の浦ゆ　　　　　Tagonoura yu
うち出でて見れば　　uchiidete mireba
真白にそ　　　　　　mashiro ni so
富士の高嶺に　　　　Fuji no takane ni
雪は降りける　　　　yuki wa furi keru

하얀 파도가 치는 다고해안을 따라 걷다보니 문득 후지산이 펼쳐진다. 확대된 시야에 장려한 후지산의 경관이 압도적이다. 여기에 또다시 눈이 내리니 온통 흰 빛으로 거대한 일체를 이룬 경이로운 세상, 이를 증언하는 작은 인간 하나.

소기
宗祇, 1421~1502

소나무 산 향해
솟구쳐 올라라
세찬 눈보라 파도여

ふりのぼれ   Furi nobore
山松近き   yamamatsu chikaki
波の雪   nami no yuki

소나무와 산으로 지시된 항구성의 세계를 배경으로 순환하는 거대한 파도의 역
동성을 극대화하였다. 300년 후 가츠시카 호쿠사이의 명화 〈가나가와 해안의
높은 파도〉에서 볼 수 있는 극대화된 파도의 역동성과도 이어진다. 글과 그림에
서 공통되게 순간을 포착하여 그 특징을 극대화하는 일본적 미의식이 돋보인다.

마츠오 바쇼
松尾芭蕉, 1644~1694

객지잠이 좋다
여관에는 세밑
저녁달 뜬 밤

旅寝よし   Tabine yoshi
宿は師走の   yado wa shiwasu no
夕月夜   yūzukiyo

분주한 연말, 사람들은 저녁 늦도록 모두 바쁘지만 객지에서 묵는 나그네는 오
히려 달뜨는 저녁이 한가로우니 좋다. 가진 것 없는 자의 여유로운 역설!

마츠오 바쇼
松尾芭蕉, 1644~1694

어느덧 이 해도 저물었구나!
삿갓 쓰고
짚신 신은 채

年暮れぬ	Toshi kure nu
笠きて草鞋	kasa kite waraji
はきながら	haki nagara

나그네를 면치 못한 채 여행길에서 한 해를 보냈다. 여행의 신산스러움을 넘어선 시인의 달관이 느껴진다.

旅に病んで
夢は枯野を
かけめぐる

마츠오 바쇼
松尾芭蕉, 1644~1694

병들어
나그네의 꿈은
겨울들판을 헤매돈다.

旅に病んで   Tabi ni yande
夢は枯野を   yume wa kareno wo
かけめぐる   kakemeguru

여행 중에 죽음을 앞두고 시인의 심정을 읊은 시이다. 현실과 꿈, 삶과 죽음의
경계에서도 방랑은 계속되고 있다.

이토록 아름다운 세상

『고사기古史記』
야마토 다케루노 미코토(倭建命)

야마토는
정말 빼어난 곳
구비구비 푸른 울타리
신으로 둘러싸인
야마토는 정말 수려한 곳

大和は   Yamato wa
国の真秀ろば   kuni no mahoroba
畳なづく青垣   tatanazuku aogaki
山籠れる   yama komore ru
大和しうるはし   Yamato shi uruwashi

야마토 다케루노 미코토는 전설에서 야마토 지방을 평정했다고 알려진 비운의
영웅이다. 웅장하고 아름다운 고향을 그려보이는 숭고한 자부심 너머에 끝내 고
향으로 돌아가지 못한 자의 슬픔이 깔려있다.

텐지천황
天智天皇, 626~672

바다 위 기폭인 양
펄럭이는 구름에
저녁 햇살 비치니
오늘밤 달빛은
더없이 푸르겠네

海神の   Watatsumi no
豊旗雲に   toyohatagumo ni
入日さし   irihi sashi
今夜の月夜   koyoi no tsukuyo
さやけかりこそ   sayakekari koso

하늘까지 아우르는 시선의 규모가 장려하다. 햇발 비치는 구름을 펄럭이는 깃발에 견주며 해진 후 상서로운 푸른 달빛을 확신하는 상상력이 활기차다. 시차를 두고 두 개의 정경을 겹쳐서 펼쳐보이는 시상의 전개에서 기백이 느껴진다.

후시미천황
伏見天皇, 1265~1317

어두워가는 초저녁
산등성이 저 너머
먹구름 틈으로
번쩍대는
가을하늘의 번개

宵のまの   Yoi no ma no
村雲つたひ   murakumo tsutai
影見えて   kage miete
山の端めぐる   yamanoha meguru
秋のいなづま   aki no inazuma

교토는 분지 지형이라 구름이 산을 넘으며 벼락을 동반하는 경우가 많다. 저녁 무렵 먼 하늘 먹구름 사이로 번쩍이는 번개는 마치 불꽃놀이인 듯 아름다우면 서도 경외감을 느끼게 한다.

후시미천황
伏見天皇, 1265~1317

달이 뜨려는 것일까
별빛이
변한 듯하네
바람 시원히 부는
저녁 밤하늘

月や出づる　　　　Tsuki ya izuru
星の光の　　　　　hoshi no hikari no
変るかな　　　　　kawaru kana
涼しき風の　　　　suzushiki kaze no
夕やみのそら　　　yūyami no sora

해가 지고 달이 뜨기 전 잠시 별빛이 하늘을 비추지만 월출 무렵 별빛은 이에
순응하여 스스로 흐려진다. 마찬가지로 한낮의 열기는 밤이 되며 차츰 식어간
다. 시간의 흐름에 따른 자연의 미묘한 변화를 포착하는 관찰력이 놀랍다.

고토쿠 슈스이
幸德秋水, 1871~1911

폭탄이
쏟아져 내리는 세상,
새해 첫 꿈은
황성의 소나무 가지
쌓인 눈에 부러지는 소리

爆弾の	Bakudan no
降る世と見てし	furu yo to mite shi
初夢は	hatsuyume wa
千代田の松の	Chiyoda no matsu no
雪折れの音	yukiore no oto

새해의 첫 소망으로 '황성皇城의 소나무 가지'가 부러지기를 꿈꾸는 불온한 상상
력이 강렬하다. 고토쿠 슈스이는 무정부주의자로 대역사건을 주도한 혐의를 받
고 희생되었다. 단카에 드문 과격한 정치성이 특별하다.

야마가타 아리토모
山県有朋, 1838~1922

세상을

뒤엎으려고

날뛰는 자

붙잡아 낼 그 날까지

나는 결코 죽지 않으리

天地を	Ametsuchi wo
くつがえさんと	kutsugaesa mu to
はかる人	hakaru hito
世にいづるまで	yo ni izuru made
我ながらえぬ	ware nagarae nu

야마가타 아리토모는 일본 근대 정치가이며 군인이다. 일본 의회 최초의 총리이며 원로그룹의 제일인자였다. 대역사건을 대하는 원로의 단호한 정치적 결단을 보여준다. 격렬한 정치성을 보여주는 흔치 않은 단카이다.

스가와라노 미치자네

菅原道真, 845~903

풍류에 빠져 학문을 그만두곤 하지만

사방에 대학자 많으니 참으로 괴이해라

일에 대해 물어보면 마음을 굴리는가 의심하고

경전을 논하면 말 잘하는 자만 귀하게 여기네

달 아래선 취하지 말고 깨어있게나

꽃 앞에선 홀로 노래 부르지 말고

훗날 시흥이 적어질까 근심하지 말게

천자의 은택은 깊고도 깊으니까

風情斷織璧池波　更怪通儒四面多
問事人嫌心轉石　論經世貴口懸河
應醒月下徒沈醉　擬噤花前獨放歌
他日不愁詩興少　甚深王澤復如何

빈 수레가 요란하다. 진정으로 공부를 하고자 하는 자들은 오히려 더 깨어있고
더 신중해야 한다. 달과 꽃으로 이어지는 시상이 일본적이라는 점이 돋보인다.

하세가와 가이
長谷川 櫂, 1954~

봄에 가다
바쇼의 길
갈기갈기 엉망진창!

春行くや
翁の道の
ずたずたに

Haru yuku ya
okina no michi no
zutazutani

1689년 바쇼가 갔던 평화로웠던 오지의 길을 2011년 지진 후에 시인이 답사한
소회이다. 길이 모두 망가져 엉망진창이 되었다.

현현과 소멸의 고향시,
렌가와 렌쿠

『미나세삼음백운水無瀬三吟百韻』 총 100구 중 초반 8구

희긋한 잔설
산기슭 두른 아슴한 안개의
저녁이여   소기

멀리 시냇물 흐르고
매화향기 은은한 마을   쇼하쿠

강바람에 살랑이는
버드나무 몇 그루
새봄 파릇이 보여주고   소초

노 젓는 소리도
선명히 들려오는 새벽녘   소기

달은 아직
안개 자욱이 걸친 가을 밤
하늘에 남아 있겠지   쇼하쿠

서리 내린 들녘
가을은 깊어만 가누나   소초

구슬피 울어대는
벌레의 심사 아랑곳없이
풀은 시들어가고   소기

담장 따라 찾아가노라니
환히 드러나는 길   쇼하쿠

소기
宗祇, 1421~1502

　　희끗한 잔설
　　산기슭 두른 아슴한 안개의
　　저녁이여

雪ながら　　　　Yuki nagara
山もとかすむ　　yamamoto kasumu
夕べかな　　　　yūbe kana

소기와 그의 제자 쇼하쿠와 소초, 세 사람이 미나세 산이 보이는 곳에서 함께 지
은 렌가 100구절 중 첫 구이다. 잔설이 남아있는 산, 아슴한 안개 낀 기슭, 초봄
의 저녁 무렵 정경을 원경으로 제시하였다.

소기
宗祇, 1421~1502

　희끗한 잔설
　산기슭 두른 아슴한 안개의
　저녁이여

쇼하쿠
肖柏, 1443~1527

　멀리 시냇물 흐르고
　매화향기 은은한 마을

雪ながら　　　　Yuki nagara
山もとかすむ　　yamamoto kasumu
夕べかな　　　　yūbe kana

行く水遠く　　　Yuku mizu tōku
梅におふ里　　　ume niou sato

이음구의 중심이 전구의 원경에서 근경으로 이동하였다. 잔설은 남았지만 대부분 눈이 녹고 얼음도 녹아 물이 불어 시냇물 소리가 들린다. 아슴한 저녁 안개로 매화는 보이지 않지만 그윽한 매화향기는 은은하다. 청각과 후각으로 그려내는 이른 봄 저녁 무렵, 산골마을 풍경이 정겹다.

쇼하쿠
肖柏, 1443~1527

멀리 시냇물 흐르고
매화향기 은은한 마을

소초
宗長, 1448~1532

강바람에 살랑이는
버드나무 몇 그루
새봄 파릇이 보여주고

行く水遠く   Yuku mizu tōku
梅におふ里   ume niou sato

川風に   Kawakaze ni
一むら柳   hitomura yanagi
春見えて   haru miete

매화향기 은은한 산골마을이던 배경에 강바람이 결합하여 강촌마을로 전환하
였다. 부드러운 강바람은 매화향기를 실어오고 파릇한 봄물 오른 버드나무를 살
랑이게 한다. 같은 구절이 인접한 시구에 따라 달라지는 데 묘미가 있다.

소초
宗長, 1448~1532

강바람에 살랑이는
버드나무 몇 그루
새봄 파릇이 보여주고

소기
宗祇, 1421~1502

노 젓는 소리도
선명히 들려오는 새벽녘

川風に   Kawakaze ni
一むら柳   hitomura yanagi
春見えて   haru miete

舟さす音も   Fune sasu oto mo
しるき明け方   shiruki akegata

강바람 살랑이는 버드나무 선 마을에 새벽이란 시간이 더해졌다. 노 젓는 소리만 들리더니 점점 날이 밝아와 강가 버드나무와 노 저어가는 배의 풍경이 선명해져 한 폭의 수묵화 같다.

소기
宗祇, 1421~1502

노 젓는 소리도
선명히 들려오는 새벽녘

쇼하쿠
肖柏, 1443~1527

달은 아직
안개 자욱이 걸친 가을 밤
하늘에 남아 있겠지

舟さす音も　　　Fune sasu oto mo
しるき明け方　　shiruki akegata

月やなほ　　　　Tsuki ya nao
霧わたる夜に　　kiriwataru yo ni
残るらん　　　　nokoru ramu

제4구에서 계절이 생략되자 새로이 후구에는 '달'이란 소재를 결합하여 가을로 이동
하였다. 노 젓는 소리만 들리는 것은 달이 보이지 않을 만큼 안개가 짙은 까닭이다.

쇼하쿠
肖柏, 1443~1527

달은 아직
안개 자욱이 걸친 가을 밤
하늘에 남아 있겠지

소초
宗長, 1448~1532

서리 내린 들녘
가을은 깊어만 가누나

月やなほ   Tsuki ya nao
霧わたる夜に   kiriwataru yo ni
残るらん   nokoru ramu

霜おく野原   Shimo oku nohara
秋は暮れけり aki wa kure keri

하늘에서 들녘으로 시야가 확장되었다. 전구에서는 가을 안개에 묻힌 달빛으로 아스라하던 계절 감각이 서리 내린 들녘의 싸늘한 기온을 더하며 만추의 쓸쓸한 정취를 체감케 한다.

소초
宗長, 1448~1532

서리 내린 들녘
가을은 깊어만 가누나

소기
宗祇, 1421~1502

구슬피 울어대는
벌레의 심사 아랑곳없이
풀은 시들어가고

霜おく野原   Shimo oku nohara
秋は暮れけり   aki wa kure keri

鳴く虫の   Naku mushi no
心ともなく   kokoro tomonaku
草かれて   kusa karete

깊어가는 가을, 서리가 내리니 풀은 시들어가고 풀이 시들면 벌레의 생존터전도
사라진다. 벌레의 슬픔을 헤아리는 시인의 마음.

소기
宗祇, 1421~1502

구슬피 울어대는
벌레의 심사 아랑곳없이
풀은 시들어가고

쇼하쿠
肖柏, 1443~1527

담장 따라 찾아가노라니
환히 드러나는 길

鳴く虫の   Naku mushi no
心ともなく   kokoro tomonaku
草かれて   kusa karete

垣根をとへば   Kakine wo toeba
あらはなる道   arawanaru michi

시들어가는 풀섶, 벌레 우는 들판에서 갑자기 인가에 잇닿은 길가로 장면이 더 좁브된다. 담장으로 이어진 마을, 풀이 시들어 길이 더 훤하다. 자연풍경에서 계절이 없이 인가를 보여줌으로써 새로운 전개를 기대하게 한다. 봄 장면 셋, 가을 장면 셋, 다음에는 어떤 장면이 이어질까?

온갖 냄새 풍겨 나오는
저잣거리
하늘엔 환한 여름 달   본초

더워라 더워라
문앞마다 아우성   바쇼

논에 두벌 잡초
미처 뽑기도 전에
이삭은 패고   쿄라이

재를 툭툭 털어내는
말린 생선 한 마리   바쇼

본초
凡兆, ?~1714

　　온갖 냄새 풍겨 나오는
　　저잣거리
　　하늘엔 환한 여름 달

市中は　　　　　Ichinaka wa
もののにほひや　　mono no nioi ya
夏の月　　　　　natsunotsuki

음식을 만드는 열기, 풍겨오는 냄새, 소란스러운 사람들의 소리……. 갖은 냄새 뒤섞인 덥고 북적대는 시장통과 환하고 너른 하늘, 후각과 시각이 대조된다. 여유롭게 세상을 비추는 여름 하늘의 달빛은 너그러움과 청량감으로 인간을 위로하는 듯하다.

본초

凡兆, ?~1714

　　온갖 냄새 풍겨 나오는

　　저잣거리

　　하늘엔 환한 여름 달

마츠오 바쇼

松尾芭蕉, 1644~1694

　　더워라 더워라

　　문앞마다 아우성

　　市中は　　　　　　Ichinaka wa
　　もののにほひや　　mono no nioi ya
　　夏の月　　　　　　natsunotsuki

　　あつしあつしと　　Atsushi atsushi to
　　門々の声　　　　　kadokado no koe

전구의 후각과 시각의 여유로운 대조가 후구의 사람들의 아우성으로 청각적 전
환을 이룬다. 여름날 저녁, 더위에 지친 사람들이 문 밖으로 나와 찾는 것은 시
원한 바람, 촉각적 심상이다. 더위 속에서 들려오는 사람들의 아우성이 여유로
운 하늘과 극적으로 대조된다

마츠오 바쇼

松尾芭蕉, 1644~1694

더워라 더워라

문앞마다 아우성

무카이 쿄라이

向井去来, 1651~1704

논에 두벌 잡초

미처 뽑기도 전에

이삭은 패고

| あつしあつしと | Atsushi atsushi to |
| 門々の声 | kadokado no koe |

二番草	Nibangusa
取りも果たさず	tori mo hatasa zu
穂に出て	ho ni idete

여름날 폭염을 못 견디는 저자의 아우성이 후구에서는 이삭이 패기 시작한 농촌으로 전환된다. 더위는 심하여 일하기 어려운데 두 번째 김매기를 하지 못한 논에 잡초 아래 벌써 벼이삭이 패고 있다. 자칫 곡식에 잡초 이삭까지 섞여 들어갈 판이다. 여기에서 사람들의 한탄은 진정한 아우성이 된다.

무카이 쿄라이
向井去来, 1651~1704

논에 두벌 잡초
미처 뽑기도 전에
이삭은 패고

마츠오 바쇼
松尾芭蕉, 1644~1694

재를 툭툭 털어내는
말린 생선 한 마리

二番草   Nibangusa
取りも果たさず   tori mo hatasa zu
穂に出て   honi idete

灰うちたたく   Hai uchitataku
うるめ一枚   urume ichimai

두 벌 김매기를 하기도 전에 벼이삭이 패고 있으니 농사일이 몹시 바쁘다. 밥 지은 잔불에 말린 생선 구워 간단히 끼니를 때우니 바쁜 농가의 일상을 구체적으로 그려냈다. 게다가 생선구이 냄새는 전구의 걱정을 맛있게 털어낸다.

마츠오 바쇼
松尾芭蕉, 1644~1694

재를 툭툭 털어내는
말린 생선 한 마리

灰うちたたく　　　Hai uchitataku
うるめ一枚　　　urume ichimai

'우루메'는 말린 정어리, 청어를 의미한다. 가장 싸고 흔한 생선이다. 신선한 생
선이 아니라 오래 두고 먹기 위해 말린 생선을, 복잡한 요리도 아니고 잿불에 굽
는 것은 가난한 식탁의 상징이지만 생선 굽는 맛있는 냄새는 모든 것을 안빈낙
도 삼아 누릴 수 있게 한다. 다음에는 무엇으로 이어질까?

지운
智蘊, ?~1448

　　이름 모를
　　가녀린 풀꽃 핀
　　냇가이어라

신케이
心敬, 1406~1475

　　잡초에 숨어 흐르는
　　가을 여울물

　　名も知らぬ　　　　Na mo shira nu
　　小草花咲く　　　　kokusabana saku
　　川辺かな　　　　　kawabe kana

　　しばふがくれの　　Shibafugakure no
　　秋の沢水　　　　　aki no sawamizu

작은 풀꽃이 핀 냇가를 보여주는 전구에 보이지 않는 가을의 여울물을 결합하여 계절과 청각적 심상을 분명히 했다. 두 구절이 결합하여 한 편 이상으로 완결미를 갖는 데 렌가의 참맛이 있다.

신케이
心敬, 1406~1475

잡초에 숨어 흐르는

가을 여울물

센준
專順, 1411~1476

저녁 어스름

안개 내리는 달빛 속

도요새 울고

しばふがくれの　　　Shibafugakure no
秋の沢水　　　　　　aki no sawamizu

夕まぐれ　　　　　　Yūmagure
霧ふる月に　　　　　kiri furu tsuki ni
鴫鳴きて　　　　　　shigi nakite

풀꽃 핀 냇가와는 완전히 다른 장면전환이다. 잡초 속에 흐르는 여울 물소리에
저녁 안개, 어스름 달빛, 도요새의 울음소리를 더하였다. 저녁시간과 안개로 어
슴푸레해진 시야 덕분에 청각적 호소가 더욱 애절하다.

홀어미의 몸이지만
다듬이질은 하네

やもめなる身も　　　Yamome naru mi mo
衣うつなり　　　　　koromo utsu nari

짧은 렌가의 기본형식에서 7·7의 전구이다. 다듬이질은 보통 남편과 가족을
위해 하기 마련이지만 홀로 살아도 면제되지는 않는다. 일상이란 때로 이렇듯
무미하게 지속된다.

홀어미의 몸이지만

다듬이질은 하네

준카쿠
順覚, 1268~1355?

추운 가을 달밤은

까마귀 우는 소리에

깊어만 가고

やもめなる身も　　Yamome naru mi mo
衣うつなり　　　　koromo utsu nari

秋寒き　　　　　　Aki samuki
月夜がらすの　　　tsukiyogarasu no
声ふけて　　　　　koe fukete

짧은 렌가의 기본형식으로 7·7의 전구에 5·7·5의 후구가 결합되어 완결미
를 갖추었다. 결합된 후구에서는 전구의 무미한 일상에 계절과 시간을 더하여 시
상을 구체화하였다. 일상을 보는 평범한 시선을 까마귀 울며 나는 먼 가을 밤하
늘로 옮겨놓아 쓸쓸함이 한층 더하다.

초목 속에 묻힌
옛길을 비추는 달

草木の中の   Kusaki no naka no
ふるみちの月   furumichi no tsuki

오래 된 길이 있는 숲을 비추는 달빛은 수묵화와 같이 너른 여백과 많은 이야기
를 품고 있다.

초목 속에 묻힌
옛길을 비추는 달

소기
宗祇, 1421~1502

홀 메추라기
짝 돌아오길 몇 날 밤을
기다리고 있는 걸까

草木の中の   Kusaki no naka no
ふるみちの月   furumichi no tsuki

かたうづら   Katauzura
帰るをいく夜   kaeru wo iku yo
たのむらむ   tanomu ramu

전구에서 어둡고 가느다란 숲길을 보고 있던 표준렌즈의 시선이 접사렌즈로 바뀌어 아주 낮은 곳, 작은 존재의 심경을 한없이 줌인zoom-in한다. 사람이 찾지 않아 풀섶에 묻힌 길은 그저 풀밭처럼 보이지만 작은 메추라기에게는 정인이 찾아오는 길이다. 메추라기에 가탁한 여인의 심정이 애절하다.

죄 지은 업보를
받으라면 받으리

罪の報いは　　　Tsumi no mukui wa
さもあらばあれ　samo araba are

'죄 지은 업보를 받으라면 받으리'를 어떻게 이을 수 있을까?
업보는 이미 받겠다고 선언했다. 그렇다면 '죄'에 주목하지 않을까?

죄 지은 업보를
받으라면 받으리

구사이
救済, 1284~1378

달빛 내리는
사냥터의 흰 눈 속
동터 오는 새벽 놀

罪の報いは   Tsumi no mukui wa
さもあらばあれ   samo araba are

月残る   Tsuki nokoru
狩場の雪の   kariba no yuki no
朝ぼらけ   asaborake

죄업을 각오한다는 전구에 사냥터의 아름다움이 이어진다. 눈 내린 들판의 아름
다운 달과 새벽 놀. 이 정결한 세상에서 인간은 높이 고양되어 죄 중에서도 가장
큰 살생의 죄를 상서로운 달빛 앞에 자복한다. 인간이 스스로 죄업을 감당하게
만드는 시인의 역량이 탁월하다.

다 떨쳐버리니
세상 가볍네

ふり捨てぬれば　　Furisute nureba
世こそかろけれ　　yo koso karokere

다 떨쳐버리다니 세상 근엄한 출가의 선언일까? 이어지는 내용은 보통 심각하
고 진지하기 마련이다.

다 떨쳐버리니

세상 가볍네

돈나
頓阿, 1289~1372

털어버리지 않으면

눈에 꺾여버릴

창 밖의 대나무

ふり捨てぬれば　　Furisute nureba
世こそかろけれ　　yo koso karokere

はらはずは　　Harawa zu wa
雪にや折れん　　yuki ni ya ore mu
窓の竹　　mado no take

그러나 가벼워진 존재는 대나무, 이 돌연한 의외성에 기꺼이 유쾌하게 시상이
전환된다. 물론 대나무 입장에서는 진지하지만! 세상의 '世'와 대나무 마디를 뜻
하는 '節'의 발음이 같은 'yo'인 것이 발상전환의 계기이다.

부록_장르 및 작가별 목록

장르	작가명 및 출전	내용	지면수
가요	스사노오노미코토	뭉게뭉게 피어 오르는 이즈모궁 구름 울타리 아내를 위해 겹겹이 에워싸는 뭉게구름 울타리	98
가요	야마토 다케루노미코토	야마토는 정말 빼어난 곳 구비구비 푸른 울타리 산으로 둘러싸인 야마토는 정말 수려한 곳	298
가요	양진비초 작가 미상	부처님은 항상 계시지만 그 형상 뵐 수 없기에 거룩하여라 인기척 하나 없는 새벽녘 꿈에 아련히 현현하시는 부처님	30
가요	양진비초 작가 미상	아름다운 여인 보노라면 한 줄기 덩굴이 되고 싶어지네 뿌리부터 우듬지까지 엉키면 잘려도 또 잘려도 헤어지지 못하는 게 우리의 운명	91
가요	양진비초 작가 미상	어제 막 시골에서 올라왔기에 마누라도 없소 이 단벌 감청빛 사냥 옷을 색시로 바꿔주오	92
가요	양진비초 작가 미상	나를 기다리게만 하고 오지도 않는 사낸 뿔이 세 개 돋아난 도깨비나 되어라 여자들이 다 도망가게 서리, 눈, 우박 내리는 논바닥의 새나 되어라 실컷 발이나 시리게 차라리 연못의 부평초나 되어버리려 이리 흔들 저리 흔들 평생 떠돌아나 다니게	253
가요	양진비초 작가 미상	여자 나이 꽃다운 때 기껏해야 열너대여섯에서 스물서넛까지라 하던가 서른너댓 살이 되면 단풍 아랫잎과 다름없다네	254
가요	양진비초 작가미상	이 세상 놀려고 태어났나 장난치려고 태어났나 아이들 노는 소리 들을 때면 이 몸도 절로 들썩이네	19
가요	한음집 작자 미상	진지하게 살아 무엇하리 우리 인생 한 바탕 꿈이거늘 그저 미쳐라	59
가요	한음집 작자 미상	난 사누키의 츠루하에서 온 사내 아와 총각의 살갗 어루만지니 다리도 좋고 배도 좋아 츠루하 생각 조금도 안 나	93
가요	한음집 작자 미상	하룻밤 사랑이지만 헤어지기 못내 아쉬워 뒤따라 나가보니 벌써 앞바다에 배가 빠르게 가고 있네 안개는 짙어지네	244
가요	한음집 작자 미상	사내는 그냥 좋아하지 말아야 돼 좋아진 다음에 어차피 헤어지이이이이이이이이고 말건데 그게 너무 힘든 일이니까	255
가요	한음집 작자 미상	오지 않아도 좋아 꿈과 꿈 사이의 이슬 같은 나 만남도 깜짝 번쩍이는 저녁 하늘의 번갯불일 테니까	257
가요	히타치 풍토기 작자 미상	다카하마의 바닷바람 마음 들뜨게 하니 님 그리워 아내라 부를 수만 있다면 천한들 못생긴들 어떠리	90
센류	작자 미상	중매쟁이는 시누 하나 죽여버리고	94
센류	작자 미상	중매 노릇만은 정말 용한 명의로구나	95

장르	작가명 및 출전	내용	지면수
센류	작자 미상	자고 있어도 부채는 절로 움직이네 부모의 마음	139
센류	작자 미상	외박하고 돌아와선 공연히 함께한 친구 욕을 하고	145
센류	작자 미상	엄마는 자식 거짓핑계에 맞장구 치고	200
센류	작자 미상	관리의 자식은 쥐엄쥐엄 잘도 익히고	201
와카	가사노 이라쯔메	은밀한 내 사랑을 그대가 세상에다 알리셨나요 참빗 넣어둔 함이 온통 열려버린 꿈을 꾸었어요	237
와카	가사노 이라쯔메	아침 안개인양 아련히 만난 사람이기에 이토록 죽을 듯이 사랑에 사랑을 더해가는 걸까	238
와카	가사노 이라쯔메	꿈속에서 보았네 내 몸에 와 닿는 검의 날카로운 칼날은 도대체 무슨 징조일까 그대를 만난다는 뜻일까	239
와카	가사노 이라쯔메	저녁 오면 시름 더 깊어갑니다 뵈옵던 분 말 건네던 모습 자꾸만 아른거려서	240
와카	가사노 이라쯔메	모두 다 잠자라고 종을 치건만 자꾸 그대 떠올라 잠 못 이루네	241
와카	가사노 이라쯔메	날 사랑하지 않는 사내를 사랑하는 것은 큰 절간 아귀 엉덩이에다 대고 절하는 꼴이지	242
와카	가키노모토노 히토마로	꽃인 듯 아닌 듯 하이얀 매화 온 세상 아득히 눈꽃이 흩날리니……	25
와카	가키노모토노 히토마로	동녘 들판 불그레 물드는 새벽놀 보다가 뒤돌아서니 달 지고 있네	36
와카	가키노모토노 히토마로	가을 산 갈잎은 너무도 무성하여 헤매는 아내 찾을 길 막막하네	153
와카	견당사 수행원의 어머니	나그네가 노숙하는 들판에 찬 서리 내리면 우리 아이 깃털로 감싸주세요 저 하늘의 두루미들이여	279
와카	고금집 아즈마우타 작자 미상	당신 두고 내 딴 맘 먹는다면 저 소나무산을 파도가 넘으리라	100
와카	고금집 작자 미상	이 세상에 거짓이 없다면 당신의 달콤한 말씀 얼마나 기쁠까요	101
와카	고금집 작자 미상	첫여름 기다려 핀 홍귤 꽃 아련히 스친 그 내음은 그리운 옛 님의 옷깃 향이었어라	107
와카	고금집 작자 미상	수목 사이로 새듯 비치는 달빛 보니 아, 수심의 계절 가을이 왔구나	171
와카	고토쿠 슈스이	폭탄이 쏟아져 내리는 세상, 새해 첫 꿈은 황성의 소나무 가지 쌓인 눈에 부러지는 소리	302
와카	기노 쯔라유키	고개 마루 옹달샘 포갠 손 사이 떨어지는 물방울… 목 마르는 아쉬움은 그 여인과의 짧은 해후이어라	83
와카	노인	산마을 봄날 해거름에 찾아드니 저녁종소리에 꽃잎 흩날리네	53

장르	작가명 및 출전	내용	지면수
와카	누카타노 오키미	꼭두서니 자라는 들판 금줄 친 들판 이리저리 서성이며 소매 흔드는 당신 들지기는 보고 있지 않을까요?	86
와카	누카타노 오키미	님 그리워 애닯게 기다릴 제 드리운 발 스치며 가을 바람만 지나가네	249
와카	도네리노 미코	사내 대장부가 짝사랑 따위를 하다니 자탄하건만 이 못난 사내는 여전히 사랑 때문에 못 사네	79
와카	만엽집 아즈마우타 작자 미상	다마가와 해맑은 물에 포백하는 갓 짠 천처럼 새록새록 이 아이가 어째서 이리도 어여쁠까	78
와카	만엽집 작자 미상	나의 그대 미칠 듯 생각나 봄비 내리는 줄도 모르고 무작정 집을 나서고 밀았네	81
와카	만엽집 작자 미상	앉아도 생각 서서도 생각 붉은 치맛자락 끌며 사라져간 그대의 뒷모습	103
와카	미부노 다다미네	지새는 달 무정하던 이별 후로 새벽처럼 괴로운 것 다시 없네	251
와카	사노노 치가미노 오토매	님 가시는 머나먼 길 말아 접어 태워 버릴 하늘 불길이라도 내리쳤으면!	147
와카	사이교	봄날 꽃나무 아래서 죽고파라 부처님 열반하신 음력 2월 보름달 밝은 밤 그 무렵에	31
와카	사이교	저 후지산의 연기가 바람에 흩날리며 하늘로 사라져 행방을 알 수 없게 되듯 내 마음도 그와 같구나	215
와카	사이교	마음 없는 이 몸에도 절로 저며오네 도요새 푸득이는 늦가 가을 저녁의 어스름	226
와카	사키모리의 처	저 변방으로 가는 사람 누구 남편이야? 무심히 묻는 사람은 부럽기만 하네 그런 걱정, 할 리 없으니	146
와카	쇼쿠시 나이신노	명줄이여 끊어질 테면 끊어져라 질긴 목숨 이어가다 보면 참고 참는 이 마음 어찌 될지 모르리니	82
와카	쇼쿠시 나이신노	이제껏 보아온 것 아직 못 본 앞일 그 모든 게 찰나에 떠오르는 덧없는 환영일 뿐	189
와카	쇼쿠시 나이신노	인적 없는 뜨락 이슬 맺힌 풀숲 귀뚜라미 홀로 가냘프게 울고 있네	222
와카	시키노 미코	바윗돌 타고 쏟아지는 폭포수 옆 살포시 고개 내민 아기 고사리 아, 새봄이 왔구나	26
와카	신라로 파견 가는 사신	산마루에 달 기우니 고기 잡는 어부의 불빛 먼 바다 위에 아른거리네	152
와카	아리마노 미코	집에서라면 그릇에 담을 밥을 풀포기 베고 눕는 나그네 길에서는 나뭇잎에 담아먹네	204
와카	아리마노 미코	이와시로 바닷가 몰래 맺어놓은 소나무 가지 살아서 돌아올 수만 있다면 다시 볼 수 있으련만……	205
와카	아리와라노 나리히라	매화나무 가지 꾀꼬리 봄을 노래하는데 오늘도 눈은 하염없이 나리네	22

장르	작가명 및 출전	내용	지면수
와카	아리와라노 나리히라	말 행렬 지어 자, 보러 가세나 옛 도읍 나라엔 눈 내리듯 꽃이 지고 있을 테니	47
와카	아리와라노 나리히라	가스가노의 여린 보랏빛인양 아리따운 그대, 그리움에 내 마음 산란해져 어찌할 바 모르겠네	76
와카	아리와라노 나리히라	본 것도 아니요 안 본 것도 아니요 님 그리워 오늘도 속절없이 하루가 지나가네	77
와카	아리와라노 나리히라	언젠가 떠나야 할 길이라 들었건만 이렇게 가게 될 날 닥쳐 올 줄이야	211
와카	아리와라노 나리히라	아스라이 밝아오는 아카시 해안가 새벽 안개 속 섬 사이로 멀어져 간 쪽배 생각나네	245
와카	아카조메 에몬	꿈이 꿈일까 현실이 꿈일까 도대체 분간이 되지 않네 어떤 세상이 오면 꿈에서 깰 수 있을까	188
와카	야마가타 아리토모	세상을 뒤엎으려고 날뛰는 자 붙잡아 낼 그 날까지 나는 결코 죽지 않으리	303
와카	야마노우에노 오쿠라	참외 먹으니 자식 절로 생각나네 밤 먹으니 생각 더욱 간절하네 정녕 어디서 왔단 말인가 눈앞에 자꾸만 아른거려 잠 도무지 이룰 수 없네	136
와카	야마노우에노 오쿠라	금이야 은이야 세상 보화인들 어찌 자식에 비할소냐	137
와카	야마노우에노 오쿠라	저 오쿠라는 이제 물러나야겠소이다 아이가 울고 있을 테고 그 애 어미도 저를 기다리고 있을 테니	138
와카	야마노우에노 오쿠라	어찌할 도리 없이 힘들어 뛰쳐나와 사라져버리고 싶어도 아이들이 걸리네	140
와카	야마노우에노 오쿠라	사내 대장부로 태어나 이대로 가야 한단 말인가 만대에 전할 이름 하나 얻지 못한 채	209
와카	야마베노 아카히토	바닷가 차오르는 물에 점점 갯벌 잠기자 갈대밭 향해 두루미떼 울며 날아가네	278
와카	야마베노 아카히토	다고해안 따라 나와 보니 새하얗게 후지산 높은 봉우리에 눈이 내리네	290
와카	에이후쿠몬인	산기슭 새소리로 밝아오기 시작하자 꽃도 여기저기 모습 보이기 시작하네	51
와카	에이후쿠몬인	싸리꽃 지는 뜨락의 가을바람 서늘히 스며들고 석양빛은 벽으로 스러져 가누나	168
와카	오노노 고마치	그리다 생각하다 잠들어 그의 모습 보였을까 꿈인 줄 알았으면 깨지나 말 것을	246
와카	오노노 고마치	선잠에 고운 님 뵈온 후론 덧없는 꿈마저 이리도 기다려집니다	247
와카	오시코치노 미츠네	어두운 봄밤이여 알 수 없구나 매화꽃 모습이야 감춘다 해도 스며나는 향기를 어찌 감추리	23
와카	오시코치노 미츠네	어둠에 숨어 바위 틈을 가르고 흐르는 물 소리에조차 꽃향기 스며드네	48

장르	작가명 및 출전	내용	지면수
와카	오시코치노 미츠네	여름 가고 가을 오는 하늘 길엔 한 켠에만 바람 시원히 불겠지	158
와카	오시코치노 미츠네	맘 가는 대로 한 송이 꺾어 볼까나 첫 서리 내려앉은 흰 국화꽃	173
와카	오아마노 미코	꼭두서니 보랏빛 아리따운 그대 이제는 남의 사람 미운 마음 있다면 어찌 이토록 사랑할까?	87
와카	오츠노 미코	밤새 내리는 산 이슬에 님 기다리느라 나는 젖네 내리는 산 이슬에	88
와카	오토모노 다비토	쓸데없는 생각은 해서 무엇하리 탁주 한 사발 들이키는 깃이 차라리 낫지	186
와카	오토모노 다비토	산 자는 결국 죽을 것이니 지금 이 순간을 즐기리라!	187
와카	오토모노 모모요	별 일 없이 이제껏 살아왔건만 다 늙어서 이런 사랑 만나게 될 줄이야	80
와카	오토모노 사카노우에노 이라쯔메	아무리 좋아해도 소용없어 뻔한 데도 왜 이렇게 내 사랑은 계속되는 걸까	252
와카	오토모노 야카모치	새봄 새해 첫날 아침 오늘 내리는 눈처럼 쌓여라 좋은 일 기쁜 일……	13
와카	오토모노 야카모치	화사하게 비치는 봄 햇살에 종다리 날아오르니 홀로 외로움에 마음 구슬퍼라	39
와카	오토모노 야카모치	봄의 정원 선홍빛 눈부신 복사꽃 꽃 그림자 비치는 길 나와선 소녀	61
와카	와카야마 보쿠스이	산 넘고 강 건너 얼마나 가야 하나 고독의 저편 그 곳 향해 오늘도 간다	232
와카	이세	황량한 겨울 들판 타오르는 불이 될 수만 있다면 이 몸 태워서라도 다시 봄을 기다리는 것을	259
와카	이세 이야기 작자 미상	굳이 내 생각 말하지 않으리 내 심정 같은 이 결코 이 세상에 없을 테니	210
와카	이시카와노 이라쯔메	나를 기다리느라 그대가 젖는 산 이슬이 난 되고파라	89
와카	이와노히메노 오기사키	당신 행차하고 여러 날 지났습니다 산으로 찾아나서야 할까요 이대로 마냥 기다려야 할까요	256
와카	이즈미 시키부	깊은 수심에 잠겨 늪가에서 반딧불 나는 걸 보니 마치 내 몸에서 빠져나온 혼불 같네	262
와카	이즈미 시키부	저 세상 가서 떠난 이 세상 추억할 수 있게 한 번만 더 그대 만나봤으면	263
와카	이즈미 시키부	머리카락 흐트러진 것도 모른 채 넋 놓고 있노라니 사랑스레 쓰다듬어 주던 그 손길 생각나네	264
와카	이즈미 시키부	이슬방울 꿈, 이 세상, 환영 이 모두가 다 덧없는 내 사랑에 비하면 영원인 것을	265

장르	작가명 및 출전	내용	지면수
와카	이즈미 시키부	그대를 사무치게 사랑하는 마음 산산이 부서졌어도 잃어버린 조각 하나 없네	266
와카	이즈미 시키부	속세를 떠난다 생각하니 그 생각 더더욱 슬프구나 그대에게 길든 이 몸이기에	267
와카	이즈미 시키부	이 세상 덧없음을 내 눈으로 똑똑히 보았음에도 꿈결인 듯 밤이면 아무 일 없이 잠을 자는 날 진정 사람이라 할 수 있으랴	269
와카	지엔	이 내 마음 묻는 이 어찌 없는가 우러르니 하늘에는 드맑은 달빛	177
와카	텐지천황	바다 위 기폭인 양 펄럭이는 구름에 저녁 햇살 비치니 오늘밤 달빛은 더없이 푸르겠네	299
와카	하세츠카베노 이나마로	부모님이 머리 쓰다듬으며 무사히 다녀오라 이르신 말씀 잊을 길 없네	141
와카	헨죠	자욱한 안개 벚꽃은 보이지 않아도 그윽한 향기만은 훔쳐오라 산에서 부는 봄바람이여	50
와카	헨죠	이름에 반해 꺾어 봤을 뿐이오 여랑화 이 내 타락했노라 전하지 마오	102
와카	호소카와 가라시아	떠나야 함을 알게 될 때 비로소 꽃도 꽃이 되고 사람도 참사람이 되는 것을	214
와카	후시미천황	어두워가는 초저녁 산등성이 저 너머 먹구름 틈으로 번쩍대는 가을하늘의 번개	300
와카	후시미천황	달이 뜨려는 것일까 별빛이 변한 듯하네 바람 시원히 부는 저녁 밤하늘	301
와카	후지와라노 데이카	덧없는 봄 밤 꿈의 구름다리 끊겨 산봉우리와 헤어지는 하늘가 구름자락	99
와카	후지와라노 데이카	아스라히 바라보니 꽃도 단풍도 간 곳 없네 바닷가 오두막 가을 저녁의 어스름	227
와카	후지와라노 데이카	돌아오는 길에 당신은 보고 있겠지요? 밤새 기다리다 보는 저 새벽달을	250
와카	후지와라노 도시유키	눈으로 시원스레 볼 수 없지만 바람 소리에 가을 왔음을 홀연 깨닫네	159
와카	후지와라노 슌제이	이슥한 밤 비 내리는 산간 초막 옛 생각에 잠길 제 두견새야 네 눈물 더 뿌리지 말아다오	112
하이쿠	가가노 치요조	나팔꽃넝쿨 두레박 휘어감아 물 얻으러 가네	126
하이쿠	가가노 치요조	달 밝은 밤 돌 위에 앉아서 우는 귀뚜라미!	223
하이쿠	가야 시라오	임 그리워라! 불 밝힐 무렵 꽃이 지고……	248
하이쿠	가츠미 지류	흰 국화꽃, 울타리 휘감아 도는 물소리	172
하이쿠	고바야시 잇사	기쁨 중간은 될 테지 나의 새해	14
하이쿠	고바야시 잇사	고향마을, 치는 떡 속에 묻어드는 봄 눈	16

장르	작가명 및 출전	내용	지면수
하이쿠	요사 부손	상긋한 찔레꽃 정든 고향 시골길에 들어선 듯	69
하이쿠	요사 부손	장마 비, 큰 강 앞에 두고 집이 두 채	111
하이쿠	요사 부손	여름 소나기 풀잎 부여잡는 참새들	114
하이쿠	요사 부손	산자락은 저물고 들녘에는 황혼빛 나부끼는 참억새	174
하이쿠	요사 부손	햇볕 내리쬐는, 마을 구석진 곳에 핀 겨울국화!	276
하이쿠	요사 부손	이빨로 쇠 갉는 쥐들의 소리 오싹!	280
하이쿠	요사 부손	걸어오는 술병이나 있었으면 좋겠네, 겨울 칩거	284
하이쿠	우에지마 오니츠라	울어 예는 벌레소리 대야의 목물 아무 데나 버릴 수 없구나	127
하이쿠	이노우에 시로	영원하여라 산 위로 솟아오른 이 밤의 저 달	176
하이쿠	작자 미상	찰방 소리 날 때마다 멈칫 서는 바쇼옹	34
하이쿠	작자 미상	해묵은 연못, 물도 참 맑구나 마른 참억새	175
하이쿠	하마다 샤도	벚꽃 지니 처마의 대나무 바라보는 마음의 평온함이여	67
하이쿠	하세가와 가이	교실을 초원으로 생각하는 낮잠!	115
하이쿠	하세가와 가이	슬픔의 바다을 관통하고 자는 낮잠!	122
하이쿠	하세가와 가이	봄에 가다 바쇼의 길 갈기갈기 엉망진창!	307
하이쿠	하시모토 다카코	칠월 칠석 갓 머리 감고 님과 만나다	160
하이쿠	핫토리 란세츠	매화 한 송이 한 송이 만큼의 따사로움	20
하이쿠	호시노 타츠코	오싹 오싹 추위가 즐거워! 걸어서 간다.	281
한시	스가와라노 미치자네	곱디고운 무희들 왜 옷조차 무거운 듯 가녀린 걸까? 허리에 봄기운 가득 머금어 그렇다고 속어 말하네 화장 지워져 화장함 여는 것도 고단해 보이고 문을 나서는 걸음걸이 수심이 가득 어여쁜 눈길은 바람에 물결이 이는 듯 춤추는 몸짓은 맑은 하늘에 눈이 날리는 듯 꽃 사이로 해 저물고 음악소리 그치자 멀리 엷은 구름 바라보며 처소로 돌아가네	41
한시	스가와라노 미치자네	누구와 더불어 이야기 나눌까 홀로 팔 베고 잠이나 잘 뿐 푹푹 찌는 지루한 장마 아침 밥도 아예 짓지 못 했네 부엌 가마솥엔 물고기가 헤엄치고 계단의 개구리 시끄러이 울어대네 시골 아이가 푸성귀 갖다주고 아이종은 멀건 죽 쑤어주네	113
한시	스가와라노 미치자네	집에서 온 편지를 읽다 소식 막힌 지 석 달 남짓 바람 따라 편지 한 통 날아왔네 서쪽 문의 나무는 누가 뽑아가고 북쪽 정원엔 남이 와 산다 하네 생강 싼 종이엔 '약종자'라 씌었고 다시마 든 바구니엔 '제'에 올릴 음식이라 씌었네 아내와 아이 춥고 배고프단 말을 없지만 그래서 도리어 슬프고 괴롭네	149

장르	작가명 및 출전	내용	지면수
한시	스가와라노 미치자네	돌아와 자리를 나란히 앉고 궁정에서 서로 눈짓을 주고받네 예전에 들인 비용 갚아주기 위해 이곳만 추구하고 원칙은 내던지네 상관 중에 강직한 자 있다면 비분강개 안 할 수 없지 마땅히 밝게 규찰하여 저 파렴치한 꺾어놓으리 그 도둑들 도리어 주인을 증오하니 주인 목숨 잃고서야 그 내막 알겠네	203
한시	스가와라노 미치자네	누가 먼저 추위를 탈까? 추위는 빠르네. 돌아온 유랑인에게 호적을 보아도 새로 온 사람 없는데 이름을 물어 옛 신분을 헤아릴 뿐 수확이 적어 고향은 척박하고 떠도느라 모습이 가난하구나 자비로운 정치로 품지 않으면 떠도는 유랑인 늘어만 나리	286
한시	스가와라노 미치자네	누가 먼저 추위를 탈까? 추위는 빠르네. 약초꾼에게 종류를 구분하고 약성을 판별하여 나라의 부역을 이로써 충당하네 때가 되면 약초를 잘만 캐지만 병들어도 가난하여 치료하지 못하네 약초 하나가 조금만 부족해도 가혹한 매질 견디기 어렵네	287
한시	스가와라노 미치자네	풍류에 빠져 학문을 그만두곤 하지만 사방에 대학자 많으니 참으로 괴이해라 일에 대해 물어보면 마음을 굴리는가 의심하고 경전을 논하면 말 잘하는 자만 귀하게 여기네 달 아래선 취하지 말고 깨어있거나 꽃 앞에선 홀로 노래 부르지 말고 훗날 시흥이 적어질까 근심하지 말게 천자의 은택은 깊고도 깊으니까	305
렌가	어느 비구니 오토모노 야카모치	사호강 물을 힘들여 막아 심은 벼인데…… 그 벼 거둬 지은 햅쌀밥은 어차피 내 차지	134
렌가	야마자키 소칸	베어야 하나 말아야 하나 도둑이라고 잡아 보니 내 자식 새끼!	135
렌가	소기	세상살이는 차디찬 겨울비 피해 처마 밑에 잠시 머무는 것	213
렌가	소기	소나무 산 향해 솟구쳐 올라라 세찬 눈보라 파도여	291
렌가	소기	희끗한 잔설 산기슭 두른 아슴한 안개의 저녁이여	312
렌가	소기 쇼하쿠	희끗한 잔설 산기슭 두른 아슴한 안개의 저녁이여 멀리 시냇물 흐르고 매화향기 은은한 마을	313
렌가	쇼하쿠 소초	멀리 시냇물 흐르고 매화향기 은은한 마을 강바람에 살랑이는 버드나무 몇 그루 새봄 파릇이 보여주고	314
렌가	소초 소기	강바람에 살랑이는 버드나무 몇 그루 새봄 파릇이 보여주고 노 젓는 소리도 선명히 들려오는 새벽녘	315
렌가	소기 쇼하쿠	노 젓는 소리도 선명히 들려오는 새벽녘 달은 아직 안개 자욱이 걸친 가을 밤 하늘에 남아 있겠지	316
렌가	쇼하쿠 소초	달은 아직 안개 자욱이 걸친 가을 밤 하늘에 남아 있겠지 서리 내린 들녘 가을은 깊어만 가누나	317

장르	작가명 및 출전	내용	지면수
렌가	소초 소기	서리 내린 들녘 가을은 깊어만 가누나 구슬피 울어대는 벌레의 심사 따위는 아랑곳없이 풀은 시들어가고	318
렌가	소기 쇼하쿠	구슬피 울어대는 벌레의 심사 따위는 아랑곳없이 풀은 시들어가고 담장 따라 찾아가노라니 환히 드러나는 길	319
렌가	지운 신케이	이름 모를 가녀린 풀꽃 핀 냇가이어라 잡초에 숨어 흐르는 가을 여울물	326
렌가	신케이 센준	잡초에 숨어 흐르는 가을 여울물 저녁 어스름 안개 내리는 달빛 속 도요새 울고	327
렌가	작자 미상 쥰카쿠	홀어미의 몸이지만 다듬이질은 하네 추운 가을 달밤은 까마귀 우는 소리에 깊어만 가고	329
렌가	작자 미상 소기	초목 속에 묻힌 옛길을 비추는 달 홀 메추라기 짝 돌아오길 몇 날밤을 기다리고 있는 걸까	331
렌가	작자 미상 구사이	죄 지은 업보를 받으려면 받으리 달빛 내리는 사냥터의 흰 눈 속 동터 오는 새벽 놀	333
렌가	작자미상 돈나	다 떨쳐버리니 세상 가볍네 털어버리지 않으면 눈에 꺾여버릴 창 밖의 대나무	335
렌쿠	본초	온갖 냄새 풍겨 나오는 저잣거리 하늘엔 환한 여름 달	321
렌쿠	본초 바쇼	온갖 냄새 풍겨 나오는 저잣거리 하늘엔 환한 여름 달 더워라 더워라 문앞마다 아우성	322
렌쿠	바쇼 무카이	더워라 더워라 문앞마다 아우성 논에 두벌 잡초 미처 뽑기도 전에 이삭은 패고	323
렌쿠	무카이 바쇼	눈에 두벌 잡초 미처 뽑기도 전에 이삭은 패고 재를 툭툭 털어내는 말린 생선 한 마리	324
렌쿠	바쇼	재를 툭툭 털어내는 말린 생선 한 마리	325

부록_이미지 일람

면수	이미지 내용	작가 및 출처
24	소쇄원의 백매	왕숙영
29	단풍으로 유명한 교토 에이칸도永觀堂의 가비歌碑	왕숙영
33	개구리의 다이빙	김하연 그림
38	종다리의 비상	포토−ac닷컴
57	외로운 산벚꽃	왕숙영
84	오싹오싹 추위가 즐거워! 걸어서 간다	학생 김도희
106	첫 여름의 홍귤꽃	photolibrary
118	저 달 따달라고 울어대는 아이	학생 김아현
130	구리키다이栗木台의 무궁화	왕숙영
163	장지문 너머 하늘	Steen Christensen
170	수목 사이의 달빛	Steen Christensen
192	연구실의 개구리	왕숙영
197	울어예는 벌레소리, 대야의 목물 아무 데나 버릴 수 없구나	학생 이주희
208	눈 내리는 아침 두 이자 두 이자의 나막신 자국	학생 박찬희
212	겨울이 오는 오두막	Steen Christensen
218	영암 구림마을의 감	왕숙영
236	이슬 젖은 보랏빛 꽃	Steen Christensen
258	황량한 겨울 숲	Steen Christensen
268	지친 다리 끌며 여관방 찾을 무렵, 눈에 띈 등꽃	이광섭 그림 부분
285	걸어오는 술병	柳柳居振斎 그림 부분, 일본 도카이대학 소장
288	얼어붙은 검은 그림자	「芭蕉翁繪詞傳」, 『芭蕉翁全集』, 博文館, 1917
294	병든 나그네의 발	학생 박다원
304	학문의 신 미치자네	왕숙영
306	바쇼의 길	왕숙영